出門買蛋去

卵を買いに

小川糸的一年份幸福日記

小川糸

陳妍雯 譯

目次

內文插畫　芳野

期間限定的　1月10日

新年才剛過，企鵝就出國了。
我在這段期間，暫時搬到表參道住。當然，百合根也一起。
我們的房子將進行改裝之續集。

昨天順利完成了小搬家。
我先帶百合根去動物醫院，拿了肚皮紅疹的藥後，搭計程車前往市中心。
雖然帶了兩件行李箱，但其中一件裝的是百合根的食物、紙尿墊等，我的行李實質上只有一件。
真的只帶了最低限度的必備行李。

心情就像小旅行，閃亮亮的城市生活開始了。

新年時，我什麼也沒做，不過，分別收到可洛老家寄來中式年菜，以及OKAZ（註）寄來的日式年菜。

所以實際上，今年過年過得比往年還要豪華。

我雖然送過別人年菜，但極少收到別人送的。

想來感冒也不是件壞事。

這種想法，似乎會讓人得寸進尺呢。

百合根還是小寶寶時，我曾經帶牠來過表參道一次。

但牠似乎不記得了，下了計程車後，便不動了。

我帶牠散步，想讓牠習慣周圍的環境，可是走了五步又停了下來，坐在地上不動。

大概是來到陌生的地方，讓牠很緊張吧。
昨天也一直沒上廁所。
今後再慢慢讓牠習慣這裡，練習到回去時，可以在表參道昂首闊步吧。
雖說是只有幾個星期的期間限定，但住在表參道，可是件人生大事。
儘管我曾在外國租公寓長住一段時間，國內卻不太有這種機會。
我得平心靜氣地工作，同時好好享受一番才行。
百合根把空的行李箱當作臨時「居所」。
看起來住得相當舒服。
為了有一天能帶牠一起去柏林，累積經驗應該也很重要吧？

今年，也請各位多多指教了！

註：OKAZ DESIGN，吉岡秀治與吉岡知子所成立的料理事務所。

夜晚的咖啡　1月11日

我的夢裡，出現了百合根。
在我的記憶中，這是第一次。
不是小時候弱不禁風的百合根，而是和現在一樣大小，豐腴的，近在眼前的百合根。
我和幾位朋友聊著天，左手一邊撫摸著百合根。
百合根竟滲透到我無意識的世界中，真令人開心。
雖然我們彼此還有許多必須跨越的門檻，但我擅自夢想，有天，能不再將百合根當作一隻比熊犬看待。

為此，牠必須做更多、更多的訓練，我也必須學會更多的知識。

不過，我認為這非常適合親人的百合根。

如果我們能一起去育幼院的話，應該很不錯。

不但能告訴孩子們新的家庭形式，我認為百合根一定能發揮牠的能力，將難以化為隻字片語的事，簡單地傳達給對方。

這是我未來一項很大、很大的目標。

我睜開眼睛，躺在被窩裡模模糊糊地想著這件事。

今天傍晚，我去了小提琴家金子飛鳥女士的演奏會。

因為會場在家附近，可以輕鬆前往，真是開心。

晚餐品嚐了會場賣的宇宙便當。

演奏會本身和我的想像略有不同，是相當前衛的演出。

例如，結合詩的朗讀和小提琴的演奏、出現擴音器等，都出乎我的意料。不過，這樣也很不錯。

彷彿像心中一扇長年緊閉的頑固門扉，突然被風一吹，猛然打開的感覺。

演奏會結束後，我到附近的咖啡店喝咖啡。

基本上，我對咖啡因敏感，因此，中午過後盡量不喝咖啡，也不喝紅茶。所以，不知道有幾年，沒有在夜晚喝咖啡了呢？

順帶一提，那家店是我學生時期的交往對象帶我去的。

第一次造訪已是早在二十年前，氛圍卻完全沒變，真是厲害。

回程路上，突然感覺自己好像漫步在外國的街角，覺得不可思議。

明明是走過好幾次的路，卻像第一次經過般，非日常的飄浮感，從腳底湧了上來。

是因為晚上喝了咖啡的關係嗎？還是因為心情有如旅行，才會想在夜晚喝咖啡？

不知道是哪一種，感覺真奇妙。

回家後，一打開門，百合根馬上靠了過來，鑽到我的腿間。

大概是因為第一次在表參道看家，有點不安吧。

我查詢後發現，這一帶有幾家能帶小狗進入的咖啡店，下次散步時，順道去看看好了。

百合根慢慢地，越來越會散步了。

飯糰和豆沙包　1月15日

雖說是表參道，但轉進巷子深處，也是普通的住宅區。有豆腐店，也有大眾澡堂。住戶的曬衣桿上，大喇喇地晾著全家人的衣物。

平常必須提起勁搭乘電車才能抵達的地方，現在輕鬆散步就能到，真令人開心。而且還能帶著百合根一起去，簡直太棒了。

前天中午去的飯糰店也是。

我一直很想去那家店，卻總是苦無機會。

趁著帶百合根散步，悠閒走路過去，沒想到意外地近，得來全不費工夫。

原本是為了買便當回家，不過，坐在店外的話，帶著狗也可以現場吃。於是店家臨時在門口旁，擺了一張桌子給我。

看著飯糰的樣品，每一款都好想吃，最後我點了玄米加鮭魚飯糰，以及包了醃山形青菜（註）的烤飯糰，還有小菜組合及味噌湯。

只不過從大馬路往巷子裡走一點，竟然有這麼寧靜美好的店！

老闆叮嚀現烤需要一點時間的醃山形青菜烤飯糰，表面刷上了白味噌，連騰騰熱氣都讓人饑腸轆轆。

小菜則有烤白肉魚和紅豆南瓜。

紅豆南瓜，奶奶也經常在冬天做給我吃。

據說有些地方把這道菜叫作表親煮（註），但我覺得紅豆南瓜比較好聽。

在藍天下靜靜地吃著飯，此時店家拿來一個小型暖爐，放在我的腳邊。
百合根看起來也很想吃的樣子，我便將玄米分一點給牠。
因為太貪心，點了二顆飯糰，全部吃光後，肚子有點不舒服。
以後點一顆飯糰就很足夠了。

為了幫助消化，我特意繞遠路，在陌生小路上隨意亂走，竟發現有家下午三點就營業的酒吧。
下次去看看吧。
附近還有一間小神社。

話說回來，百合根差不多要來那個了。
我養了百合根後才知道，狗狗的經期不叫生理期，而是稱為「發情（Heat）」。

為了以防萬一，我在搬來表參道前，已準備好經期用的尿布帶著。
發情時，牠的豆沙包（陰部）會鼓起來，變得像朵花一樣。
不過，每隻狗狗情況不同，有的出血多到需要衛生棉，有的自己舔一舔便能處理乾淨。
據說有些狗狗的初經，飼主甚至沒注意到就結束了。

百合根總是來得很不明確。
雖然我每天會確認一次牠的豆沙包，但徵兆實在不明顯，讓我很傷腦筋。
明明我都已經打算好，來了就要煮紅豆飯替牠盛大慶祝呢。

今天下了雨。
對面人家的雨水槽，水流得像瀑布一樣。
這次帶的東西真的很輕便，所以也沒帶雨鞋。

偏偏這時候想去吃蛋糕，真是傷腦筋。

出家門後直走，向右轉再右轉後，有家賣著好吃甜點的蛋糕店。

店就近在眼前。但這場雨讓我那裡都去不了。

乾脆下雪還比較好呢。

這樣的話，我還能想辦法穿著帆布鞋去。

要是百合根能幫我跑腿就好了，但現實是，牠從剛剛就窩在我的大腿上，睡得似乎很香。

現在，正好過下午三點。

我對蛋糕的欲望逐漸膨脹，雨則下得越來越大了。

註：芥菜的一種。

註：表親煮的名稱由來之一，是因豆類與蔬菜關係相近。

流浪貓的飼養法　1月16日

早上出門倒垃圾時，金太正在那裡等著。

金太是流浪貓，以這一帶為據點，過著流浪生活。

居民們都將牠視為在地貓照顧著。

這一帶有很多這樣的貓。

這裡有個完善的制度，若發現流浪貓，便將牠帶去動物醫院，可以免費接受避孕或結紮手術。

動過手術的貓，耳朵會有個記號，馬上就能分辨出來。

立即通報收容所安樂死，未免太過不人道了，我希望這種制度能夠推廣到

全國。

有人託我如果看到金太記得餵牠，所以我馬上將貓食倒進盤中。畢竟牠是流浪貓，雖然沒有那麼親人，但因為想吃飼料，所以會邊觀察邊等待。

牠大概就是以這樣的感覺，從很多人身上取得飼料吧。

金太的體重明顯過重了。前彎時，肚子變成一層一層的，應該有將近十公斤吧？

大家擅自叫牠金太，但一想到牠在不同的地方，應該被叫喚各種不同的名字，感覺還真是奇怪。

要是我的話，對了，會想替牠取名為梅吉。

照顧流浪貓也有規矩，餵了飼料後必須馬上收拾盤子，這點似乎很重要。

旁邊也放著金太專用的包廂（瓦楞紙箱），裡頭還鋪了一張能靠自己體溫升溫的特殊墊子。

如果看到金太進去紙箱，不知道為什麼，總覺得有點開心。

狗和貓，大不相同。

忠實的狗；隨興的貓。

看到被繩子牽著散步的狗，想必貓應該會不屑地笑吧。

你連自己散步都做不到嗎？說類似這樣的話，揶揄牠。

我雖然是絕對的狗派，但想想自己本身的個性，感覺我百分之百是貓。嚮往自由。

不過，有時候也想依賴別人。

這麼想來，在地貓的生活方式，說不定很理想。

今天去剪了頭髮。
其實去年夏天，我在柏林剃了光頭。
算是四十歲的紀念吧，人生中至少想嘗試一次。
所以，頭髮現在仍然非常短。

表參道　鹽味飯糰　1月19日

昨天傍晚，我去了大眾澡堂。
還以為會很空，沒想到人非常多。
有像觀光客的外國人，也有附近的老奶奶、親子檔，年齡層也很廣泛。
因為水很燙，沒辦法泡得太久。
不知道是不是我的錯覺，熱水相當柔滑，有點像溫泉的感覺。
帶著剛泡完澡容光煥發的氣色，走在平時盡可能穿著外出服閒逛的小路上，感覺很不可思議。
今天是星期天。

上午，我帶百合根去散步。

散步路線差不多固定了。

總之，往安靜再安靜的方向走，在住宅區的狹窄道路上緩緩散步。

百合根喜歡的電線桿、停車場，討厭的階梯。必定會造訪的草坪。

剛來的時候，牠完全無法前進，現在漸漸能昂首闊步了。

一開始，我逕自認為帶狗散步的人，看起來還真有點難相處。

不過，這想必是因為我意識到自己是外來者，內心緊張的緣故。

善於社交的百合根，不論是人還是狗，都會跟他們打招呼，一有機會就想跟對方玩。

看到似乎喜歡狗的人，就會緊盯著對方瞧，等對方注意到牠，稱讚幾句「好可愛」之類的話，牠就像抓到大好機會般，搖著尾巴飛撲上去。

在表參道，也有好多人摸過百合根。
昨天中午，牠在外面和一群吞雲吐霧的大叔們玩耍；今天在小巷內遇見的大叔，也邊摸邊連聲稱讚牠好可愛。
散步途中，我發現一家日式甜點店，便買了草莓大福。
接著先回家一趟，將百合根留在家後，前往紀之國屋（註）。
紀之國屋鮮肉區賣的雞心、雞肝、雞胗，是百合根的主餐。
我感覺牠吃得比平常更開心。
想必非常地美味吧。

下午，我去做了精油按摩。
這家店也離我家非常近。

租別人的房子暫住這回事，我已經很習慣了。

基本上，只要能在那間屋子的廚房煮出好吃的飯，就表示生活已經穩定。

在表參道的第二次挑戰，順利地煮出美味的飯了。

鹽味飯糰。

小顆的，是百合根的份。

註：東京高級連鎖超市。

舞台幕後　2月1日

表參道的暫居生活，結束。
昨天晚上，我和百合根一起到附近的書香咖啡店，喝了杯啤酒。
雖然每天都有新刺激十分有趣，但一直住在表參道會整日沉溺於玩樂中。
一個月的短暫生活剛剛好。
狹窄的小路，我也很熟悉了。
可以帶小狗去的店，也都知道了。
百合根在後期，也能順暢地走路了。
今天，久違地回到了自己家。

隨著計程車開近，百合根興致勃勃地望著窗外的景色。

牠果然認得吧？

因為工程還沒有結束，我小心翼翼地開門進屋。

很期待幾天後完工，會是什麼模樣。

住在表參道的期間，我曾思考過舞台幕後這件事。

人生的舞台幕後。

只要站上華麗、耀眼的舞台，任誰看起來都光芒四射。

但是，我想舞台幕後，或許才是最重要的。

表面上從事偉大事業的人，若在背地裡傷害他人、讓別人傷心難過，這種人無法信任。

捐大筆款項給關係疏遠的人，實際上卻讓近在身邊的人，如家人、朋友過得不幸，總覺得很難認同。

樹長得越大，影子也越大。雖然實際如此，但我還是比較喜歡不只舞台表面，舞台幕後也同樣清高的人，我也希望自己能成為這樣的人。明明是家非常棒的餐廳，廚房卻充滿垃圾，總會讓人感到失望。這樣一看，我身邊的人，每個人的後台都十分乾淨美麗。

回到家後，我收到了新書。

這本書從某種意義上來說，也是後台的故事。

少年和馬戲團的故事。

翻開封面的感覺也很棒，請務必一讀！

這次的裝幀百分之百交給出版社處理，所以我也是剛剛才知道。

這是我第六本長篇小說。

不過，故事散發著些許不可思議的氣氛。

《馬戲團之夜》，由新潮出版社發售。

百合根一回到自己家，似乎馬上放鬆了心情。
被帶到陌生的地方，百合根一定也很緊張吧。
住在表參道的期間，牠上廁所的次數相當少。
牠現在正在自己家（帳篷）午睡中。

剛剛久違地替牠量了體重，四．三公斤，跟以前一模一樣。
說不定已經停止成長了。
換算成人類年齡，差不多等於高中生的百合根，現在正從幼犬成長為成犬。
目前正處於叛逆期。
幾天後，與企鵝重逢時，牠會有什麼反應呢？
企鵝，仍在國外。

當然要喝啤酒囉　2月5日

我和NONNON姐一起去箱根泡溫泉療養。
三天二夜，整日泡在溫泉裡，充分享受泡澡時光。
一大早就能泡露天溫泉，真是極致幸福。
前天也幾乎一整天都在泡澡。
甚至穿著衣服的時間還比較短呢。
有種基本上都光著身子，只有特別時刻才會穿衣服的感覺。
將大腦整個清空，真是最棒的重開機活動了。
晚餐享用了很符合溫泉療養的精進料理（註），度過了幸福的二天。

在那裡也喝了啤酒。

泡完澡，果然一定要來杯啤酒。

住表參道時，去澡堂泡澡回來，也是一回到家就馬上打開啤酒。

在寒冬時期喝啤酒，更是格外美味。

喝啤酒的契機，當然是柏林。

在柏林，我頓悟了啤酒的美味。

啤酒花園在樹林圍繞之下，洋溢著可愛的氣氛，影響也很大。

一面閱讀，一面小口啜飲啤酒；或看著星星、配著啤酒，顛覆了以往我對啤酒的印象。

就這樣，當我注意到時，我已經成了啤酒黨。

我喜歡的是風味醇厚的黑啤酒。

因此，這次日記隨筆的標題，便定為《黃昏啤酒》。
這本書是由二〇一二年的日記集結而成。
是不是差不多要發售了呢？

念小學時的我，每天都會寫日記。
班導師會在隔天看那篇日記，一個個寫下感想。
我很喜歡在日記本上，寫些想像的故事和詩之類的文章。
若每天的生活本身就很耀眼充實，我應該就不會寫那些了。
對我而言，寫日記是一種救贖，是我唯一感到自由的時刻。
那時候的我還有日記這個神聖的場所，真是太好了。
因為在那裡，我能夠釋放自己。
雖然幾乎沒有留下，但當時的日記，是我的寶物。
也辛苦老師每天都寫評語給我。

企鵝在今天一大早回來了。

百合根搖著尾巴迎接他。

看到牠還記得企鵝，我放下了心中的大石。

企鵝沒有買伴手禮給我，但給百合根買了雨衣和狗食。

畢竟太太會抱怨，小狗不會抱怨嘛。

我認為他做得很正確。

不過，百合根的雨衣好像小了點。

屁股完全露在外頭了。

百合根正戴著人生第一頂伊麗莎白圈（註）。

牠的左眼發炎，眼睛暫時睜不開。

雖然發生了這起意外，總之，相隔了約一個月，我們全家人再度團聚，睡成了川字型。

因為有百合根在身邊，就算企鵝不在，我也完全不覺得孤單。

改裝工程也結束了，感覺全新的生活再次展開。

今晚，似乎能來杯賞雪啤酒。

註：素菜。

註：寵物防咬頭套。

蓬——鬆柔軟　2月10日

我利用離家這段期間，將墊被送去重新彈棉花。用了十年以上的俵屋旅館墊被，已經變得相當乾扁。雖然偶爾會拿去洗衣店送洗，卻沒有彈過棉花。這件煎餅墊被真的會膨起來嗎？我半信半疑地等待。墊被回來時竟變得超乎想像地厚。

簡直是，蓬——鬆柔軟。

棉花也換新了，宛如一件新品。

厚度別說兩倍，感覺甚至膨了三倍。

一開始就買好的材質，便能像這樣，不斷地重複再重複使用，用再多次都沒問題。

有了它，我應該一輩子不用再為墊被煩惱了。隨便丟掉墊被，一定會遭報應。

人生幾乎三分之一都在棉被中度過，因此，睡眠環境十分重要。熟睡不但能消除疲勞，還能減輕一定的壓力。雖然這不是什麼能大聲宣揚的事，不過，我最喜歡睡覺了。每晚九點左右，我就會鑽進被窩。睡著的時間，或許是我最幸福的時刻。

最近，我越來越常把百合根當臂枕，枕著睡了。

百合根會整隻鑽進我身體的右側和手臂間，將我的整個右肩當作枕頭，那是牠的固定位置。

說實話，百合根已經不是小狗了，所以非常重，不過，這份重量也是甜蜜的負擔。

牠的毛很白，很容易和白色被單融合在一起，我睡糊塗時就會找不到牠在哪裡，所以晚上會讓牠穿著睡衣，當作記號。

在千層派式層疊的棉被中（現在最多會疊四件），每天都睡得很香。

順帶一提，企鵝沒有睡中間夾棉的墊被，所以只有我的棉被厚度增高，形成相當大的高低差。

感覺我好像將軍大人一樣。

同一段時間，百合根用的床鋪也做好了。

我在上面鋪了羊毛毯，牠便舒服地蜷起身子。

只不過，牠完全與毯子同化了。

前幾天，在查訪和服資訊時，拜訪了一家銷售古董腰帶的店家。當時我在店裡，赫然發現了和更紗製的腰帶。

它原本竟然是棉被的外層。換句話說，就是被單。

恐怕之前是有錢地主之類的人物，所用的物品吧。

色澤也好，質地也好，都是我相當喜愛的一款腰帶。

下次送墊被去彈棉花時，將不穿的和服裁剪來用，似乎也很不錯。

呃呃呃——2月17日

雖然猶豫了很久要寫，還是不寫，但還是寫吧。

上禮拜，我去了NOMA。

這家位於丹麥哥本哈根的餐廳，號稱世界第一，預約也約不到。

這次他們所有員工一同來到日本，在這裡開了一家期間限定餐廳。

不過我只是因為受邀，才厚著臉皮跟去。

第一道菜是生牡丹蝦佐螞蟻。

的確，餐具非常高檔，賣相也真的很棒。

牡丹蝦吃得出來，使用了非常好的食材。

螞蟻吃了應該也沒問題吧。
但是，真的有必要用螞蟻嗎？
難道不用螞蟻，不行嗎？
我很認真地思考了這件事。

我明白店家到日本來，受到很多刺激。
許多料理都使用了昆布做為「鮮味」。
但是，我覺得他們大概是瞧不起日本料理。
也希望他們別把日本人當笨蛋。

即使不到翻桌的程度，難道都沒有中途不吃而離開的人嗎？
都沒有拒絕付帳的人嗎？

雖然這麼想，但日本人真的人都很好。
因為餐廳每桌都坐滿了人，預約也一下子就滿了，光等別人取消都要大排長龍。

總覺得，那像是測試人性的料理。
並非讓肚子吃得開心滿意，而是需要邊吃邊用腦思考。
與其說是料理，不如說是「實驗」，從這個角度來看，確實很有意思。
但是，若單純問我好不好吃，我恐怕難以回答。
用餐到一半，我開始覺得自己好像「穿新衣的國王」。
明明大家都覺得「呃呃呃———」，卻還是邊吃邊說美味。
他們從全日本，蒐集了許多高貴的食材吧。
餐具也選用最高檔的物件。

所有員工帶著家人，一起從丹麥遠道而來。

全程需要花費不少錢，這點我也明白。

但訂那樣的價格，該怎麼說好呢。

要我去一次NOMA，我寧願選擇去附近鎮上的中式餐廳二十次，吃得飽飽的。

我喜歡同時考慮到顧客的荷包，在各方面下工夫的廚師。

或許將NOMA和小鎮中式餐廳放在一起比較，本身就是錯誤的。但我去了NOMA之後，總覺得有點難過。

雖然很刺激也很有趣，但最後留下的，卻是遺憾。

印象最深刻的，是據說靈感來自於烏賊素麵的墨魚蕎麥麵。

這道菜竟是將切成細絲的烏賊，沾著玫瑰花瓣湯一起吃。

烏賊和玫瑰。

這組合不禁讓我啞然失色。

我想，這應該只有外國人才想得出來吧。

但還是覺得，不知道該怎麼說啊。

澡堂事件簿　2月20日

傍晚，我一如往常去澡堂，但似乎發生了一些騷動。

一名還裸著身體的阿姨，大聲地喊著：「這邊有沒有打掃的人在？」因為附近似乎沒有，之後她便打了電話給櫃檯。

「那個啊，好像有個黑黑的東西掉在裡面啦，太噁心了，能不能趕快來清理？」

她用相當粗俗的語調，講述了這件事。

我洗澡的流程一律是：三溫暖、淋浴，最後泡澡。

洗三溫暖時，我看見一位打掃的年輕女性，和另一位看起來像澡堂員工的女性，單手拿著刷子急忙趕來。
當我走出三溫暖時，正巧聽見高分貝的怒罵聲。
剛剛的那位阿姨正在責備打掃的年輕女性。

「這已經是第二次了吧。好好寫在紙上，貼起來不就好了！」
她無止盡地重複這句話。
而打掃的年輕女性，只是不斷重複「是」和「謝謝」而已。
恐怕有本指南，寫著面對這種情況，只能說「是」和「謝謝」吧。
因為她實在太過憤怒，連我都消沉了起來。
後來騷動漸漸平復，正巧有位熟識的泡澡好友阿姨在場，我便詢問她事情始末。
似乎是小嬰兒的便便掉進了浴池裡。

一位母親帶著小嬰兒一起泡澡，然後留下了便便。

牆上明明寫著包尿布的幼兒請勿入內，當然，禮貌上本就不應該這麼做，這也是常識。

那位母親當事人早已離開澡堂，消失了蹤影。

這件事，讓我想起了一個回憶。

那已經是十五年前的事了。

我的一位新手媽媽朋友，帶著還在吃奶的孩子去游泳池。

「寶寶已經不用包尿布了嗎？」我問，她卻一臉若無其事地回答我：

「反正小嬰兒的尿又不髒，沒事啦！」

雖然這件事不是主因，但當我注意到時，我已經不再跟她來往了。

當媽媽真厲害啊，我還清楚記得我當時這麼想。

媽媽的確不會覺得自己孩子的尿很髒。

若是在家泡澡，就沒有任何問題。

但她完全忘了這裡也有不這麼認為的人們在。

我明白媽媽也會想帶著小寶寶來泡寬闊的浴池，但帶還得包著尿布的孩子，這樣好嗎？

而最可憐的，是那位一直被罵的打掃女孩。

明明她一點錯也沒有，卻被人用那麼強烈的語氣責罵，我真擔心她會不會被洗腦成以為是自己的錯。

當然，漏出便便的小嬰兒也沒錯，這種情況下，責任百分之百在那位母親身上。

難得抱著好心情想來泡澡的人，心情也都變差了。

騷動平復後，我重新泡了外面的浴池。

即便過了五點，外頭仍是一片寬闊的藍天。

我切身感覺到日照時間變長了。

春天，即將到來。

一場久違的澡堂事件簿。

炒麵的○○　3月3日

今天早上吃了拉麵。

上午十一點。企鵝煮好了拉麵。

昨天是烏龍湯麵。

前天是炒麵。

我們家的早午餐，麵類佔絕大多數。

其他除了日式蕎麥麵、米粉、素麵和義大利麵之外的麵類，也都很頻繁登場。

我們幾乎不吃麵包，白飯也大約每週一次。

烏龍麵吃這家、拉麵吃那家，品牌幾乎也都固定了。

前天因為是星期日，由我負責做早餐。
我用冰箱裡的食材做了炒麵。
雖說是炒麵，卻不用炒麵的麵條。
而是將拉麵麵條燙過一次後，炒成炒麵。
這才是正宗作法。

我每次炒麵，真的都很隨興。
調味也不固定。
前天因為有芹菜，就加了芹菜。
再來是剩了一些豬絞肉，也就加了一點。
先炒豬絞肉，加入一些高湯後，倒入燙好的麵，最後加芹菜攪拌均勻即可。
調味料則是蠔油、日本製的魚醬、能登高湯和鹽。
每次都是依照當天的心情做。

偶爾還會加點印度綜合香料，做成印度風。

看來那道炒麵滋味絕佳。

一大早便獲得了企鵝的讚美。

還說我終於成了炒麵女王。

我說，這麼簡單誰都會做呀，他說，不不，妳太棒了！

配料只有芹菜和豬肉，或許簡單才是美味。

吃到一半可以加點辣油，做出變化，享受不同滋味。

炒麵大部分是我做比較多，拉麵則是企鵝的拿手料理。

一大早就吃拉麵？或許有人會這麼想。不過，他煮的拉麵滋味非常清爽，所以沒問題。

今天早上的拉麵，湯頭也非常有深度。

他說是在前幾天煮鹹水豬肉時的湯內，加了小魚乾高湯。
配料是水煮蛋、叉燒碎肉和海苔。
順帶一提，我們家的拉麵和炒麵，都是使用札幌西山製麵的生麵條。
麵條的粗度十分剛好，我很喜歡。

柏林也有一家美味的拉麵店。
在日本研修過的德國人，在柏林煮正宗的拉麵。

地球另一端的人們，也很喜歡拉麵。
我差不多快要開始思念柏林了。
今年夏天該怎麼過呢？我現在很認真地煩惱。

跑・百合根・跑　3月6日

猶豫著要騎自行車還是走路，最後決定悠閒地走路去遛狗場。

百合根非常喜歡遛狗場。

我希望牠每週能盡情地奔跑一次，昨天便決定將遛狗場當作散步的目的地。

單程徒步將近三十分鐘。

途中百合根會靠近電線桿，跟牠一起走，花了不少時間。

遛狗場位於一座大公園的一角，現在桃花開得正美。

遛狗場一直是幼稚園帶牠來，跟我來是第二次。

不知不覺，百合根也長大了。

八個月大的現在，體重增加了將近五公斤。
一進入充滿小型犬的遛狗場中，看起來相當大隻。
吉娃娃呀，約克夏呀，顯得非常嬌小。

百合根還是小孩子，最喜歡玩樂。
牠喜歡人，也喜歡狗，連貓也很喜歡。
牠也很喜歡跑步。
遛狗場可以和很多狗一起玩，又能盡情奔跑，所以，成了牠中意的地方。

在遛狗場解下牽繩的瞬間，牠便開始跑啊跑。
跑的速度實在太快，耳朵都往兩邊飛成水平狀了。
百合根從小就很像兔子，現在跑步的模樣還是很像兔子。
左右的後腳收齊，像蹦蹦跳般地跑著。

說是跑步，更像是在跳。
我讓牠在遛狗場玩了一小時左右。
不過，我個人不太喜歡遛狗場。
媽媽們第一次帶寶寶上公園時，應該也是這種感覺吧。
雖然交了常見面的朋友後，感覺又會不一樣。
不論哪種團體，一旦身在其中，就會變得小心翼翼。

時間差不多了，於是我再次扣好牽繩，牽牠出遛狗場。
但是，牠走到一半，卻在路邊趴了下來，不走了。
「走囉！」我叫牠，牠也裝作沒聽到。
看來牠在遛狗場耗盡了體力。
沒辦法，回程我只好抱著牠。
雖說不滿五公斤，但一直抱著，其實也相當重。

說起來，很久以前企鵝去慢跑時，也說過回程太累了，就搭計程車回家。

不過，多虧去了遛狗場，昨晚牠睡得連翻身都忘了，一反常態地熟睡。
半夜，我聽到呼呼的打鼾聲，還以為是企鵝，沒想到是百合根。
牠枕著我的手臂，睡得很香甜。
因為實在太可愛了，我一時看得入神。

而現在，牠也在午睡中。

睡得真舒服呀。
順帶一提，現在百合根身下墊的，可是我的喀什米爾毛巾。
狗狗真的很喜歡舒服的材質呢。
只有一天也好，我好想變成百合根。

百合根還有其他和遛狗場一樣，會情緒亢奮的地方。
其中一個是沙池。
另一個是落葉上。
去這些地方，牠就會馬上興奮起來，想盡情奔跑。
真不該在牠還小時就一直讓牠玩樂。
因為放任百合根一下往左、一下往右地激烈移動，我覺得自己好像在船上釣到大魚的人。

遛狗場，下次騎自行車去吧！

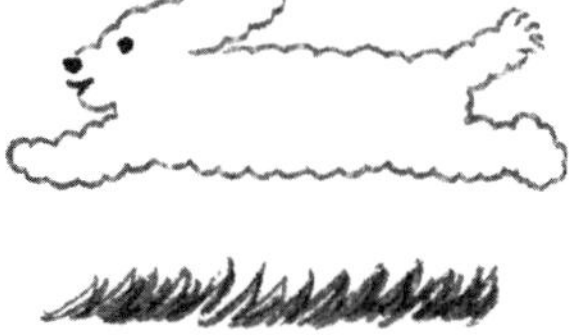

舊和服　3月8日

《七緒》的春季號，我有幸撰寫了一篇文稿。

這次的企畫是將羽織(註)縫製成腰帶。

當羽織穿起來已經不太適合的老舊花色，透過重新製成腰帶，便能重見天日。

和服可以將和服重製為羽織；將羽織或長襦袢(註)重製為腰帶；最後做成草屐的繫帶或坐墊套等，能利用到最後一刻。

我原本就比較喜歡舊和服，將舊和服重製成腰帶，我認為是非常棒的點子。二十多歲時蒐集的舊和服，也能因形式改變，而再次活躍於世。

這次我重製的，是原本二千日圓的古董和服。
它漂亮地轉生為美麗的腰帶。
今年，我想再增加更多更多穿著和服的機會。
另外，我從明天起，要去伊勢取材旅行一趟。
企鵝第一次看家with百合根。
我要好好地幫心靈來一場大掃除！

註：和服外褂。
註：穿在和服內的長襯衣。

伊勢烏龍麵

3月18日

今年的花粉似乎很兇殘。
我從伊勢回來後，還沒來得及喘口氣，立刻就受到花粉強烈侵襲。
奇怪？第一次這麼感覺，是在星期天的午後時分。
喉嚨深處乾乾沙沙的，還會不自然地咳嗽。
是不是花粉呢？正當我這麼想時，身體狀況轉眼間就惡化了。

咳嗽和鼻水拉開了序幕。
頭痛逐漸嚴重，最終發了燒。
食欲也不振，意識變得模糊不清。

由於身體很熱，昨天試著量了體溫，竟然將近三十九度。
看到體溫，感覺頭更痛了。
出現這麼嚴重的症狀，患了花粉症十幾年的我，也是第一次。
雖然企鵝說會不會是感冒了，但我覺得一定是花粉症。

事實上，我在伊勢也有一晚身體不適。
非常想吐，之後果然發了高燒。
當時雖然沒量體溫，但跟昨天的痛苦比起來，更難受許多，所以，應該超過三十九度。
原以為可能是吃了不乾淨的東西，但說不定其實也是花粉症的關係。
出了一整晚的汗，隔天還是吐了。
花粉，真可怕。
除了花粉外，還有黃沙、PM2.5等，各種沙塵參雜得像個福袋一樣。

這種福袋，一點也不令人開心。

伊勢非常棒。

一走進神社那瞬間，所感受到的清新空氣感，究竟是怎麼回事呢？

這片土地，是伊勢的人民懷著對代代祖先、神明的崇敬，慎重地祈願並守護至今。

這份純潔的心意，層層堆疊累積。

確實，我感覺伊勢是受到神明守護的特別場域。

遠在二千年前，倭姬命（註）選擇這塊土地建立神社，必定也有特殊的原因。

伊勢的食物豐富，該不會是選擇這裡，就不必擔心天照大神會肚子餓了吧？

這次我在伊勢品嚐了伊勢烏龍麵。

對伊勢的人們而言，說到烏龍麵，當然是伊勢烏龍麵。

雖然有所耳聞，但實際品嚐還是第一次。

純黑色的湯汁，加上柔軟麵條的組合。

麵體真的相當綿柔，好像以前學校午餐會出現的軟麵條。

黑色的湯汁帶著微微的醋酸味，沒有外表看起來那麼鹹。

據說當地，經常使用醬油及溜醬油（註）。

雖然評價兩極，但我絕不討厭這滋味。

知道麵條柔軟的原因，是店家為了讓來伊勢參拜的客人能夠盡早享用，因此事先將麵條煮好後，便能接受了。

去了一趟伊勢，真的切身體會到，每個人都極具款待精神。

這份心意，是從很久很久以前，便代代相傳下來的吧。

不過，雖然地理位置很近，伊勢烏龍麵和名古屋的味噌燉烏龍麵，卻是恰恰相反。

名古屋的麵非常地硬，調味也完全不同。

據說伊勢烏龍麵，基本上是在家做來吃的餐點。

而且身體不舒服時，也會想吃。

我現在也很想吃伊勢烏龍麵。

心裡雖然想怒吼花粉真是混蛋，但我連聲音都發不出來了。

註：傳說中垂仁天皇的皇女。

註：使用純大豆釀造的濃醬油。

時尚美人　3月23日

前幾天去的美容院，放了一本照片集。
裡面是紐約街頭時尚潮流人士的街拍照片。
認真看了幾頁後，因為沒看到最後，便擇日購入。
值得注意的一點，是照片的拍攝對象，都超過六十歲。
其中還有一百歲的老奶奶。

每個人真的都很美麗。
而她們所留下的話，更是耐人尋味。
有皺紋也好，有小腹也好，都無所謂，她們的全身宛如寶石般閃閃發亮。

要穿哪件名牌衣服才算時尚，其實並非如此。只要適合自己，如玩具般的串珠戒指也能顯得很漂亮。

書中登場的女性們，都十分熟知自己適合什麼樣的穿搭。

所謂的時尚，或許重點在於瞭解自己。

不過，翻了幾頁，心想，若只有人打扮時尚，感覺也少了點什麼。

因為紐約這座城市，本來就很時尚啊。

歐洲也是一樣。

背景的街道很美，時尚的打扮也會看起來很搶眼。

另外，跟氣候也有關。

不管有多想打扮，在東京悶熱的盛夏，根本提不起勁。

而在歐洲的夏天，雖然溫度高卻很乾燥，打扮就沒問題。

我認為街景和氣候，都是打扮的重要元素。

我還是學生時，正處泡沫時期的餘韻中，幾乎所有人都人手一個名牌包。連幼小的孩子都拿LV，我還記得看到這副景象時的衝突感。

相較之下，現在的年輕孩子費心思不花大錢打扮，我對他們更加有好感。花俏的人、可愛的人、沉穩的人、優雅的人，每個人都自由地表現獨一無二的打扮。

去年，在印度飯店結為朋友的瑞士人凱薩琳，也是為時尚美人。

她在晚餐前都會換好衣服，化好妝才現身。

雖然她將近九十歲了，但我對她所說的一句話：「我現在仍喜愛美麗的事物。」印象深刻。

我身邊也有許多自由享受個性裝扮的年長朋友。

和她們比起來，我真是資歷尚淺呢。

我希望頭髮早點變白。
現在白髮大約只有百分之五，真是可惜。
我的目標是全白色的頭髮。

所以，每當看到鏡中的自己白髮增多時，都會很開心。
今天，百合根正好滿九個月大。
牠乍看之下是純白色，其實背上有幾個彷彿打翻了奶茶般的斑點。
牠的神情，變得越來越成熟了。

小巧的《緞帶》 3月31日

剛剛終於收到文庫版的《緞帶》了。

這次特地為書腰短文執筆的人，是mina perhonen（註）的設計師，也就是皆川明先生。

據說他是在前往巴黎參加時裝秀的飛機上，讀了我的作品。

上週末，我剛去了mina的展覽。

mina今年迎來二十週年，本季的主題是「高湯」。

如同以各式食材產生的鮮味，所熬煮成的獨一無二美味高湯，展覽彷彿凝縮了他一路走來的二十年歲月般耐人尋味。

這次適逢文庫版發行，封面也換新。
文庫版的封面是玄鳳鸚鵡和花的刺繡，非常可愛。
希望縮小的《緞帶》，能成為貼近某個人內心的存在。

今天三月也結束了，明天開始就是四月。
現在四處都綻放著鮮花。
性急的櫻花，已經迎來葉櫻的季節。

昨天，我第一次在今年春季撐陽傘外出。
蔬菜店的門口，擺了許多國產的竹筍。
好想將竹筍飯捏成飯糰，坐在櫻花樹下品嚐。

註：日本知名時尚設計師皆川明的自創時尚與藝術品牌。

春雨　4月6日

昨天一整天，都下著綿綿細雨。

星期五的報紙刊登了山崎拓先生的報導，寫得非常好。

他在擔任自民黨幹事長的二〇〇三年二月，於美國大使館官邸被傑洛姆・鮑爾國務卿說服。

由於伊拉克具備大量破壞性武器，傑洛姆・鮑爾希望日本同意推動對伊拉克的攻擊。

結果，當時的小泉首相表明支持伊拉克戰爭。

這麼一來，日本也參與了伊拉克戰爭。

熟知伊拉克周邊狀況的人，當時便對此事提出異議。

但是這些意見不被理會，伊拉克戰爭便開打了。

而且，根本不存在什麼大量破壞性武器。

山崎先生在報導中，明白表示派遣自衛隊參與伊拉克戰爭是錯誤的決定。

這段話的意義，我認為真的很沉重。

山崎先生說道：

「我們可以說，伊拉克戰爭這項武力制裁的結果，造就了魔鬼『伊斯蘭國（ＩＳ）』的誕生。

我認為自己至今仍承受著對當時判斷的歷史判決。

因為須負起ＩＳ製造責任的是美國，而須負間接責任的是小泉首相，還有我。」

雖然我們嘴裡說堅決反對伊斯蘭國，雖然他們的行動真的相當野蠻，然而這一切的產生，並非與身為日本人的我們毫無關聯。因為小泉首相是我們投票選出來的。

山崎先生也這麼說：

「我對安倍政府的心態，有強烈的危機感。從專守防禦轉變為允許他國防禦，為國際貢獻投入軍力，等於一百八十度改變了至今為止的安保政策。甚至可以上綱為能派遣自衛隊到地球的另一端。這麼大的轉變，應針對修正憲法第九條，透過投票得到國民支持才行。」

我最近有時會莫名感到恐慌，感覺自己漸漸被蒙蔽了雙眼。

NHK晚間九點的新聞中，我認為經常發表中肯意見的大越主播也不在了，朝日電視台的《報導STATION》新聞節目中，評論值得期待的古賀先生，也離開了節目。

倘若筑紫先生（註）還在世，會如何看待這副光景呢？

假設全日本都成了I am Abe，反而更加危險……

下午，我抓緊雨暫時停止的空檔，帶百合根去散步。

櫻花飄散，地面染上了一片粉紅。

晚餐是蠶豆飯、竹筴魚和梭子魚的魚乾、蕪菁葉與油豆腐味噌湯。

魚乾是前幾天去湯河原溫泉時買的。

箱根湯本到處都是外國觀光客，令我吃驚。

不知不覺間，箱根也成了國際都市。

晚上，百合根出現發情現象。

電視正好在播小狗生產的節目，便讓百合根也一起看。

註：日本新聞主播、記者。

四百圓　4月10日

從澡堂回家時，走了與平常不同的路，發現農田旁的販賣處有賣櫻花枝條。

一桶二百五十圓。

原以為是一枝的價錢，不過，桶內有好幾枝漂亮的枝條，用橡皮筋捆著。

店裡同時也有賣油菜花。

油菜花是一束一百五十圓。

我花了四百圓，買了一個春天。

我立即將油菜花做成燙青菜。

細緻、柔軟，帶著微微苦味。

在口中嘎嘎作響的感覺，令人難以抗拒。
坐在家中一面欣賞葉櫻一面享用，真是無上幸福。

今天煮了竹筍。
企鵝買了一支漂亮的竹筍。
我們家都是用家用精米機將糙米碾成白米，所以會產生很多米糠。
我通常把米糠倒進米糠桶，不過，春天一到，竹筍的澀味也就會隨著去除了，相當方便。

將竹筍放進加了辣椒和米糠的熱水內，以文火燉煮，難以言喻的朦朧香氣便蔓延開來。

因為竹筍很大，所以，切一半與豬肉及蒟蒻絲一起煮，四分之一做成竹筍飯，剩下的四分之一預計做成竹筍味噌湯。
竹筍是蔬菜中，少見不論煮多久，都不會變得太軟的蔬菜。
湯汁滲滿於纖維與纖維間的竹筍，是這段時期才能享受的豪華菜色。

我現在正在煮竹筍飯。
企鵝說他想吃很多，所以，我煮了五合米。
一個月前從伊勢帶回來的貓，已經在我們家穩定下來了。
雖說是貓，但是隻招財貓。
因為我一直很想買，所以，在托福橫丁的招財貓店發現這孩子時，我高興得簡直想跳起來。
將它和從前便在我們家的原住貓擺在一起，就像是姊妹一樣。
我的方針，是這類物品要裝飾在看不見的地方。

章魚頭的貓，固定位置在廚房一角，排列著調味料的空間。

而這次從伊勢遠道而來的招財貓，則是放在廁所的收納櫃內。

平常擺放的位置，是和廁所衛生紙排在一起。

用不倒翁遮住下體的模樣，真是可愛。

因為並不會很常打開廁所的收納櫃，在差不多忘記時打開，就會嚇一跳：

「啊，原來在這裡呀！」

這樣子很有趣。

這孩子，真是隻迷人的招財貓。

將各種東西裝飾在看得見的地方，總感覺凌亂不堪。所以，我十分喜歡裝飾在看不見的地方。

雞蛋三明治　4月15日

久違地望了望藍天，突然非常想做雞蛋三明治。

因此，今日的早午餐就由我來負責。

仔細一想，我幾乎不會自己做雞蛋三明治。

大約十年前，我忽然燃起一股三明治熱，每天都不厭其煩做火腿三明治。

不過，卻沒有做雞蛋三明治的記憶。

煮好蛋，在吐司上抹芥末奶油，將醃黃瓜和洋蔥切碎，和水煮蛋一起加美乃滋拌勻。

稍微加一點柚子醋，當作提味。

藍天和雞蛋三明治，為什麼這麼搭呢？

今天也很適合洗衣服。我一邊洗，一邊抓緊時間做雞蛋三明治。

帶百合根去散步的企鵝，從精肉店買來了可樂餅和炸肉餅。

搭配加了高麗菜和培根的湯，一起端上餐桌。

因藍天的煽動，今天難得吃麵包。

雞蛋三明治，看來因芥末奶油失策而加了太多鹽，整體吃起來有點鹹。

以一百分滿分來說，大概有七十三分。

相較之下，可樂餅和炸肉餅的美味著實令我感動。

我家附近有很多精肉店，每家都會炸可樂餅和炸肉餅，這家的口味在其中算是相當高水準。

是一位高齡的老奶奶，每天早上九點開店炸的。
真是無限感激。
晚上我煮了豆子飯。
看到襯在白色的綠色圓點圖樣，我突然非常想捏飯糰。
我的料理之腦活絡起來了。

戀愛的季節來臨　4月25日

這星期我去了郡上八幡取材。
郡上八幡是個水源豐沛，舒適宜人的好地方。
來回搭乘的長良川鐵路洋溢著溫馨氣息，郡上八幡的車站也很古樸美麗。
生長在這樣的小鎮，應該會養成感情豐沛的性格，不過，實際上若是如此，或許又會想離開小鎮一次。

週末，可洛久違地來我家相聚。
昨天傍晚我去迎接牠。
最喜歡和狗狗同伴一起玩的百合根，因為這陣子必須暫時停止上幼稚園，散步時也不太能和其他狗交流，所以，見到很久沒見的可洛非常興奮。不過，我原以為牠只是在跟可洛玩，但其實好像在誘惑牠。百合根的經期已經結束，我以為發情期也結束了，不過看來還在持續中。就身體狀況而言，牠已經能夠懷孕也沒問題，因此我暫時在一旁觀望。

百合根誘惑。

可洛追逐。

百合根拒絕。

可洛逼近。

戀愛的季節，完全來臨了。

啪噠啪噠啪噠啪噠，牠們一下子跑過來、一下子跑過去，歡樂得很。

狗狗之間也有合不合得來的問題，若不是互相喜歡，是不會發展成這樣的關係，或許，牠們彼此已經突破了第一道牆也說不一定。即使互相喜歡，卻不會交配的情形也很常見；即使交配，也並非能懷孕。

不過，可洛似乎不知道該怎麼做才好，牠雖然壓著百合根，卻朝百合根的頭部扭腰。

現在是連狗也必須接受性教育的時代了嗎？完全在人類世界生長的狗，可能連本能的行為，也變得懵懂了。可洛的性欲雖然比幼犬時來得旺盛，但牠的對象一直都是床墊，面對處於發情期的真實母狗還是第一次。

我尋思著會不會暗一點比較好，於是關掉了一盞燈。

一開始，牠們互相靠近彼此的臉，聞彼此的味道，接著動作越來越激烈，到一定程度後便休息。

應該相當耗體力吧。

就著二犬的戀愛進退當配菜，我們二人在一旁喝著濁酒。

這瓶在郡上八幡的酒坊買的酒，真是相當美味。

果然水質好，酒也很好喝呢。

昨晚，我將酒兌了氣泡水來喝。

兌了氣泡水，就成了大人喝的汽水，能夠輕鬆飲用。

我有預感，我已經迷上了郡上八幡的酒。

取材結束後，回程前喝到了以郡上八幡湧泉釀造的啤酒，也是極致美味。

等我注意到時，百合根已經比可洛還重了。

百合根的肚子很大，肉呼呼的，是媽媽體型。

剛來我家時，明明那麼瘦。

山菜饗宴　5月3日

昨天一整天，我從一早就在廚房工作。
因為引頸期盼的山菜送來了。
因此我決定辦一場山菜之宴。

客人是OKAZ DESIGN的兩位加蠶豆（狗）。
我跟這些成員，究竟同享了多少美味的時間呢？

山菜雖然很好吃，但在食用前，須費不少工夫。
山菜不是人在農田種植，而是自然生長在山裡的蔬菜，澀味很重，如果沒有仔細清洗、汆燙，吃起來就不好吃。
昨天收到的是莢果蕨、紅莢果蕨、漉油、土當歸、紅葉笠、艾麻。
每種蔬菜都有不同的澀味，單純水煮也不好吃。

我隨時嚐味道，打算一步一步慢慢烹調。
料理之腦好久沒有全速運轉了。

前菜是日本產的生火腿，搭配各種山菜的涼拌。
天婦羅是莢果蕨、漉油和椿芽。
山菜餐盒內放的是拌芝麻紅莢果蕨、拌艾麻豆腐、燉土當歸、拌胡桃莢果蕨，共四種。
喝的是二年前的夏天，我們一起去德國德勒斯登近郊酒莊買的最後一瓶酒。
再來是蒸西京鯡魚、燙紅葉笠、土當歸葉做的味噌土當歸、義式清炒牛肉竹筍。

最後是竹筍蜂斗菜散壽司與玄米湯。

狗兒們也度過了一個幸福的夜晚。

百合根漢堡排　5月7日

很美好的連休。
要是每年都能這樣好好休息的話就好了。
今年因為感冒，無法體驗過年氣氛，所以，黃金週就成了過年。
我哪裡也沒去，一直在家看書。
風，好清新。
百合根在自己的床墊上，舒服地午睡。
可洛和百合根沒有開花結果。
不過原本這次就只是「嘗試」，瞭解狀況就可以了。

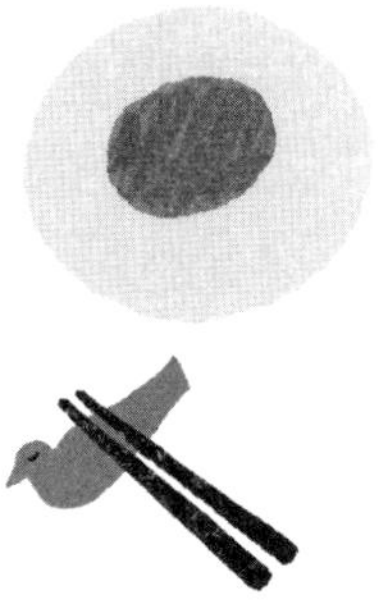

可洛不知道是不是欲求不滿，回到老家後，好像又去衝撞其他狗。

最後身體還出了狀況。

好可憐。

感覺好像很想做很想做很想做，卻不能做的高中男生。

連休時，可洛有來家裡住了一晚。

大概是百合根的費洛蒙也變少了，兩人沒有像之前那麼激動。

即使如此，牠還是抱著百合根的頭扭腰。

「可洛，不對，要從後面！」就算從外野席提出建議，可洛也聽不懂。

我跟幼稚園的老師聊了以後，他告訴我「百合根不是會自己去誘惑別人的類型，這時候可能需要人類的力量介入。」

不過啊。

違反本人的意願，硬是讓牠們交配，身為飼主還是有些遲疑。

下一次會怎麼樣呢？

今天忽然靈光一閃，我幫百合根做了漢堡排。

對養狗的人來說，親手做狗食，還是買市售狗飼料，是個大問題。

我兩種都會餵，不過牠吃狗飼料和手工狗食（主要是肉）時，滿足感明顯完全不同。

換句話說，我餵狗飼料時，人如果在一旁吃肉，牠也會很想吃肉；我餵肉時，即使我在一旁吃肉，牠也不會催促我。

吃肉時，牠的表情非常滿足。

獸醫說，狗飼料就像營養補充食品。

狗飼料的營養的確很均衡，不過，若問牠吃這個覺得幸福嗎，可能是「還好吧」這種感覺。

百合根最喜歡吃東西，所以，我也想讓牠吃牠會覺得好吃的食物。

因此我想到的，就是漢堡排。

如果都給牠同種類的肉，牠吃了會不舒服，那麼，混和各種不同的肉做成漢堡排，應該很不錯吧。

於是我將豬肉、牛肉、雞肉以等比例混和，再加入百合根喜歡的蠶豆粉末，煎成圓形。

試著給牠一個，牠吃得非常高興。

果然跟餵狗飼料時的開心程度完全不同。

因為有點在意，所以晚餐時，我們人類也試吃了一個，竟然這麼好吃！

為什麼之前都沒有在漢堡排裡放雞絞肉呢？
加了雞絞肉比較溫潤順口，滋味也變得更加濃郁。
雖然完全沒有加任何鹽，但無所謂。
將番茄醬和調味醬混和後淋上去，真是太好吃了。

原本只想嚐嚐味道，卻忍不住吃了一個又一個。
百合根十分哀怨地盯著我看。
我對百合根漢堡排超乎期待的美味，感到很欣喜。
我決定把它當作百合根的固定菜色。

話說回來，今天打開冰箱，嚇了一跳。
冰箱裡有二隻小鳥排排站。
小鳥大概是吃飯時用的筷架。

不是我放的。這麼說來，就只有企鵝了。
怎麼會在冰箱裡放筷架！
不過它們如膠似漆地依偎在一起，好吧，就算了。

出門買蛋去　5月16日

早上過了十點，我出門去買蛋。

雖然是一個人不用花五分鐘就能到達的距離，但因為帶著百合根，便繞了遠路慢慢走。

平常店家會將蛋放在玄關前設置的架子上，由客人自行投錢購買，但大概是今天下雨下到剛剛，門口寫著「想買蛋的客人，請按住宅的門鈴」。

我按了門鈴，便聽到有人下樓梯的噠噠聲，接著一名男孩探出了頭。

我猜他大概小學四年級左右。

「請給我蛋。」我說完後，他問：「哪一種呢？」我便回答他五百圓的茶褐色蛋。

今天將家裡的零錢蒐集起來，放進了口袋中。

拿出混在一起的十圓、五十圓、一百圓硬幣交給他後，他認真數了起來。

不知道是因為雨停的關係，還是正適逢早餐時間，雞隻們精神充沛地在寬闊的庭院玩耍。

百合根很喜歡這裡的雞，經過牠們面前時，一定會透過鐵絲網觀察牠們。

牠的眼神，與小時候的拉拉十分相似。

拉拉好像也是這樣，一動也不動地盯著雞看。

百合根是不是很想進去裡面一起玩呢？

今天也一直捨不得離開那裡。

一隻雞發現了百合根，走到牠身邊來。
牠們隔著鐵絲網，互相盯著彼此的臉看。
經過的大嬸看見，嘻嘻笑了起來。
今晚有客人光臨。
我邀請了下次要一起共事的插畫家和編輯吃飯。
真是太——期待了。

我現在正在閱讀的《沒有名字的女孩》，非常有意思。
作者瑪麗娜女士，應該是誕生於南美的某個國家。
但是，她在五歲左右於自家附近遭人綁架，之後被丟在叢林中。
救了瑪麗娜女士的，是一群猴子。
她和猴群們在叢林中生活了好幾年。

我只閱讀到這裡。
瑪麗娜是後來她為自己取的名字，父母賦予的名字則無從知曉。
生日也不知道是哪一天。
所以，她也不知道自己現在真正幾歲。
但是，擁有這些過去的她，搬到了英國，結了婚也生了孩子，平安地生活，真的很厲害。
若猴群不接納她成為同伴，她的命運或許又會有所不同了。

今天的菜單，大約是這種感覺。

生火腿
新洋蔥泥湯
豆子沙拉

昆布漬天然比目魚
蘆筍加蛋
江戶前星鰻
山菜天婦羅
烏魚子蕎麥麵
炸豆皮和炸油豆腐姊妹煮
（還吃得下的話）炸鍋巴

星鰻我很猶豫要乾煎，還是要做成燉煮星鰻。
山菜今天或許就會把今年的量吃完。

看到睡著的百合根，忍不住想幫牠拍張照片。

回味餘韻　5月18日

女子聚會真好呀！

最棒了。

都是女生的宴會，怎麼會這麼愉快呢！

客人們一起做了很多料理，隔天還能吃剩餘的料理，回味餘韻。

早餐吃星鰻丼。

因為江戶前星鰻實在太好吃了，所以，我沒有全部乾煎，而是留一半做燉煮星鰻。

其實，如果星鰻有骨頭和頭部就更好了。

不過這樣吃，滋味也十分醇厚。
北海道蘆筍是客人帶來的伴手禮，水嫩又多汁。
上面放一顆水波蛋一起吃。

蘆筍這種蔬菜，怎麼會這麼上相呢。
光看就令人雀躍。
如此奢華的滋味，能夠連續品嚐二天，真是幸福。

僅有女人的宴會，安靜不喧鬧這點很棒。
有所節制地喝酒也很棒，享受「微醺」的餘韻，也很美好。
看到男性們一起喝酒的模樣，總覺得每個人都在暗暗較勁「誰能喝得多」，明明對方已經相當醉了，仍然說「喝吧喝吧喝吧」，一副要讓對方徹底倒地不起的感覺，我實在難以理解。

女生也不會光顧著喝酒、完全不碰菜餚，做菜的人也會感覺做得很值得。

兩位來賓都非常會吃。

在我沉醉於只有女生的宴會時，企鵝也自行去了他心心念念的壽司店，享受「一個人的奢華壽司」，彼此都過了愉快的一夜。

而我剛剛終於讀完《沒有名字的女孩》了。

真的很棒。看到最後一頁，我不自覺流下眼淚。

在叢林中，和猴子一起生活的瑪麗娜，鼓起勇氣求救，自願回到了人類的世界。

但是，等待她的卻是一次又一次的暴力。信任卻遭到背叛，再次信任，又再次遭到背叛。她換了好幾個名字，幾次瀕臨死亡。即使如此，她還是在千鈞一髮之際，倖存了下來。總有一天會遇見心愛的人、建立家庭的決心，令她站穩了腳步，而沒有自甘墮落。

雖然不存在她的記憶中，但想必是由於瑪麗娜原生家庭的善良與溫暖，已深深地烙印在她的靈魂深度。

而接納身為人類的自己的猴群世界，也為她帶來了智慧。

某天，瑪麗娜因為一位真心關心她、相信她的鄰居，逃出了黑暗的世界。然後，終於定下了「露絲・瑪麗娜」這個名字。這大概是她十四歲時的事。

據說露絲是「光明」，瑪麗娜是「海洋」的意思。

這麼一來，她終於不再是動物，也不再是流浪兒童，能做為一個人類生存下去。

瑪麗娜後來移居到英國，遇見了她的伴侶，現在有二個女兒和三個孫子。她們全家人在宛如叢林般的地方，站在一棵大樹前拍下的照片，令我印象深刻。

瑪麗娜的笑容十分美麗。

這是一部令人回味無窮的作品。

簡單易懂、生動活潑的翻譯也很棒！

黃金星期二　5月26日

今天是百合根上幼稚園的日子。

早上，我一拿出幼稚園包包，牠彷彿就明白「對了，今天是可以上幼稚園的日子！」九點半園長來接牠時，牠相當雀躍。

牠在平常不太用跑的走廊上全力奔跑，直接跳進園長帶來的寵物籠中。

身為飼主，開心的同時，也感到有些複雜。

從幼稚園回來時，反倒不願意從籠子裡出來，看來牠真的很喜歡幼稚園。

最近我常擔心，我們家對百合根來說是不是太過舒適了。

有一種和平白癡（註）的感覺。

停上幼稚園的一個半月間，百合根變得相當我行我素。
牠從以前就很不拘小節、我行我素，現在則是超級我行我素。

幼稚園的老師建議我，要給牠多一點刺激。
的確，一直待在我身邊，可能會變得太過安逸。
沒有任何不安、不滿，滿足現狀雖是好事，但反過來看，也有停止成長的危險。

百合根漢堡排牠確實吃得很開心，但這樣好嗎？
如果食物太美味，導致吃飯成了牠生活的唯一樂趣，牠對其他事情的興趣會不會減少呢？
當然，這也能套用在人身上。
每天吃美味的食物當然很幸福，但卻會失去野心。

今天早上，我便和企鵝邊吃米粉邊聊這些事。
企鵝上星期開始去學校。
說是學校，其實是每週一次，每次不到二小時的推廣課程。
他選了江戶文化的課程。

因此，今天星期二，百合根去幼稚園，企鵝去學校，我一個人自由自在。
好久沒有自己吃飯了。
每週能放鬆一次也很不錯。

百合根漢堡排究竟好不好吃呢？
我抱著這個疑問，今天又做了百合根漢堡排。
說到洋溢在整個室內的肉香，那真是……
連人都難以抗拒，對身為狗的百合根來說，想必更是誘人。

好了，現在剛過傍晚五點。
從百合根回家的時間反推，要去澡堂只能趁現在。
但是，今天氣溫很高，外頭似乎還很熱。
因為也不必勉強一定要去洗澡，該怎麼辦才好呢？

現在也是喝啤酒的絕佳空檔。
將百合根漢堡排當下酒菜配啤酒，一定很美味。
因為只有我一個人，晚餐也可以拿現有的東西隨便湊合。

要喝啤酒好呢？還是去泡澡好呢？
嗯——。
因為太難得了，還是喝啤酒吧。
偶爾看著事先錄好的連續劇晚酌，其實也很不錯。

走進位於公園一角的英式花園，恰好人員在修剪花葉，因為丟掉太可惜了，我便請她讓給我。

只不過是將女作業員隨意收攏在手中的形狀直接插入花瓶中，卻顯得十分美麗。

至今為止插過的花中，應屬今天的花最適合這個花瓶了。

雖然花的名字太難記，我記不得了。

花瓶看起來，也很開心的樣子。

註：指生活太過安逸而沒有危機感的人。

抗熱對策　5月30日

今天的早午餐，也吃中式涼麵。

這個月，究竟吃了幾次中式涼麵了呢？

明明才五月。

但是天氣這麼熱，就會想一直吃中式涼麵。

我個人的話，喜歡配料簡單一點，只有小黃瓜和蒸雞胸肉二種就好。

不過，今天吃的是沒有小黃瓜的中式涼麵。

似乎是企鵝不小心將買來的小黃瓜，全部浸到米糠桶裡了。

沒有小黃瓜的中式涼麵不算中式涼麵！雖然心裡這麼想，總之還是先吃吃看吧。

總覺得擺盤也很隨便，好像鄉下大嬸緊急做出來的一樣。

不過因為加了燙豆芽菜，吃起來有清脆口感，舒緩了沒有小黃瓜的寂寥。

我最近熱衷的事物，是果凍和寒天。

它們發揮了對抗炎熱的威力。

有長輩在的場合，也會將茶和果凍一起端出來。

確實，比起喝冰涼的飲料，加入冰涼的固體，涼感能維持更久。

我的果凍，專指咖啡果凍。

將比平常喝的咖啡濃二倍的手沖咖啡，以吉利丁凝固成又柔又軟的狀態。

看似能用湯匙舀，卻又舀不起來的柔軟度才是重點。我的比例是四百 CC 的咖啡，對五公克的吉利丁粉。

吃的時候會淋蜂蜜和牛奶。
這樣吃，最後會變得像咖啡牛奶一樣，也非常美味。

寒天只須將水凝固，真的很簡單。
重點也是作成極接近液體的柔軟度。
吃的時候，會加黑糖蜜和黃豆粉。
順帶一提，黑糖蜜也是我自己做的（簡單）。

冰箱裡日常備有其中一種。
另外，我也會做好甜酒，熱的時候喝。
百合根也很愛喝甜酒，總是大口大口喝。

百合根的抗熱對策是浸溼的T恤。

散步時，我先將T恤浸溼，讓牠穿著出門。

如果是一年前的我，一定會憤慨不已，覺得「這麼熱的天還讓狗穿衣服，狗真是太可憐了。飼主怎麼可以這麼自私，讓狗穿衣服！」

不過，因為百合根比較怕熱，和冬天相比，這時期反而更需要衣服。畢竟牠穿著一層溫暖的毛皮。

在家裡，浸溼的毛巾也很有效。

我在印度找到的這塊布，質感輕柔，摸起來很舒服。

我會直接披在身上，或包著身體。

這種感覺，令我回想起印度的大叔們，也是在腰間輕鬆圍一條布巾，在路旁或坐或站。

今年夏天，也要以零冷氣生活為目標。

不論狗或人，都費盡心思度過炎熱難關。

浴衣　6月10日

最新一期《七緒》，是浴衣特集。

因為浴衣就像是睡衣，對於穿浴衣出門，甚至出遠門，我總覺得很抗拒。因此，雖然極力贊成夏天穿和服，但我推崇的不是浴衣，而是麻質和服。

不過，自從遇見麻質的小狗圖案浴衣後，我開始覺得浴衣也很不錯。穿著那件小狗浴衣出門，是在郡上八幡，也寫成了這次《七緒》特輯的文章。

說到郡上八幡，一定要提郡上舞。

由於接下來就是舞蹈季，雖然沒辦法參加實際的祭典，不過我仍充分體驗了祭典氛圍。

郡上舞的三種神器，是浴衣、手帕和木屐。

三樣神器中，我們這次直接從當地購買了手帕和木屐。

手帕採用當地工廠的絹印技術，我從眾多花色中挑選一種，製作獨一無二的手帕，成品非常滿意。

木屐則是使用當地產檜木的無接縫一枚板，可以嵌入自己喜歡的繫帶。

原本木屐使用的材質，多為柔軟的桐木，但郡上舞的精髓，在於用木屐敲地面發出聲響，如果材質太軟，屐齒馬上就會折斷。

所以，才會使用堅固的檜木一枚板，製作舞蹈用的木屐。

即便如此，舞蹈結束後的會場，仍四處散落著木屐剝落的木屑，充分感受到他們對舞蹈的熱情。

我選了與鹽瀨（註）半幅帶同樣藍色的繫帶，繡著小衣刺繡（註）的紋樣。

為了避免跳舞時木屐飛出去，師傅將繫帶嵌得非常緊。

屐齒內側沒有貼橡膠，每走一步都會叩叩響的檜木木屐，是郡上舞專用。我打算將來要帶著我的三種神器，參加連續四天跳舞跳到早上的盂蘭盆會，所以，想先參加在青山舉辦的郡上舞蹈會。

這一期《七緒》，有詳細解說漂亮穿著浴衣的方法，內容很豐富。學習穿和服，先從浴衣開始入門是非常好的，畢竟身為日本人，當然希望能夠俐落漂亮地穿上浴衣。

對我來說，特輯能刊登在我仰慕的石田千女士隔壁，真的非常開心。

說到這裡，我對夏天的和服有個回憶。

那是我去上茶道課的時候。

一位穿著帶有透明感的輕薄和服的女性，雖然和服穿得相當整齊，但從後方一看，哎呀呀呀，內褲的花色看得一清二楚。

似乎只有本人沒注意到這件事，太可憐了。

對了，就是這點。

夏天的和服相當薄透，必須注意貼身衣物的穿著。

若是穿給和服(註)，因為布料較厚，所以，不必擔心這點，不穿內褲才是正確的穿法。

這樣子也方便上廁所，也是因此才需要繫腰帶。

其實古時候根本沒有內褲。

我去上課時，也都是這麼穿的。

不過，夏天實在很難穿啊。

雖然不穿內褲應該很涼爽。

所以，夏天穿和服時，必須考量很多地方。

這一點，之前買的麻質貼身襯衣就非常優秀。

襯衣像甚平一樣分上下半身，下半身就像休閒四角褲，很容易穿。而且又非常清涼，超棒！

小狗浴衣是在二年前，同樣因《七緒》取材前往高知時，偶然經過一家與取材無關的和服店，衝動買下的。稿費就這麼花掉了，自己都對自己的行為感到傻眼，不過，能藉此對浴衣產生興趣，也挺好的。

這件浴衣是在我成為愛狗人士之前買的，感覺就像一種預言。而且浴衣上無數小狗剪影，跟百合根非常相像，令人會心一笑。今年夏天，我打算穿著小狗浴衣，帶百合根去散步。

註：鹽瀨是一種布料的質地。
註：小衣刺繡指青森縣津輕地區的傳統刺繡。
註：穿袷和服指縫有內裡的和服。

室友　6月13日

昨天吃了阿企烤肉。
企鵝從韓國食品店買了肉回來，用家中的烤網烤給我吃。
另外還有泡菜呀包肉生菜之類的，氣氛非常韓國。

肉是鹽味牛舌和橫膈膜，橫膈膜已經用醬汁醃漬入味了。
因為我負責吃，所以，光是坐著等而已。
做天婦羅時，我要負責炸，所以，幾乎都得站著吃，反而烤肉可以輕鬆來，真是開心。
接下來天氣變熱，廚房工作更難熬了，所以，我熱烈歡迎阿企烤肉。

話說回來，最近我家的陽台上住了隻壁虎。

雖然牠不是一直都在，不過，當我以為牠消失不見時，牠卻又回來了。

我很擔心牠會不會被百合根發現後，抓起來吃掉，但更讓人害怕的是企鵝。

因為他一看見昆蟲，就會鬧得天翻地覆。

前幾天，他也嚇得不停尖叫。

一直吵著叫我過去，我以為發生了什麼事，原來是有小蟲。

而且仔細一看，根本不是蟲，而是紙屑。

這種時候，企鵝真的成不了戰力。

看來，企鵝似乎還沒有遇見我們家的壁虎。

不過，有昆蟲才是正常的。

鎌倉也有很多昆蟲。
正好在二年前，我短暫住在鎌倉幾個月。
剛到的那天，就出現一隻蜈蚣。
聽說蜈蚣絕對不可以打，後來知道這件事時，我嚇得臉色發白。
如果打了，牠們會發出類似呼叫同伴的信號，召喚更多的蜈蚣聚集而來。
而且蜈蚣一定是成雙成對，看到一隻，表示還有另一隻在。
據說被咬到的話，會非常痛。

住在鎌倉的居民，各自都有對付蜈蚣的方法。
最常見的作法，是活活澆熱水在牠身上。
前幾天承蒙照顧的攝影師，會將蜈蚣浸泡在油裡。
據說萬一被蜈蚣咬時，這瓶油能拿來當藥擦。
其他還有很多對策，例如，預先準備好抓蜈蚣用的大型鑷子；拿取清洗衣物時，一定要確認有沒有蜈蚣跑進去，穿鞋時也要多加注意。

我問了很多防範蜈蚣的策略後，對方反而很訝異：「咦？東京沒有蜈蚣嗎？」

東京似乎的確不太有蜈蚣。

說到可怕，鬼怪也很可怕。

雖然現在能平靜地寫出來，但我在鎌倉不知道經歷過幾次鬼壓床。剛到的當晚我就被鬼壓床了，也是啊，鎌倉各地都發生過流血事件，有這些幽靈什麼的存在也不奇怪呀，我不知道為什麼覺得可以接受。有一次，我在大白天午睡時也碰上了，我還記得我心中埋怨，午睡就讓我好好睡吧。

我並不是那種常看到什麼或感覺到什麼的體質，比較敏感的人，應該相當辛苦吧？

我想，會有蜈蚣和鬼怪，是因為濕氣的關係吧。
比較乾燥的地方，應該就不會出現蜈蚣和鬼怪了吧？
那種悶悶濕濕的空氣，是不是容易招來各種東西呢？

在鎌倉，會有很多室友。
與之相比，真虧我們家的壁虎，能在我家索然無味的陽台生活下去。

THE・釜飯　6月27日

六月是企鵝和百合根的誕生月，所以，全家一起去輕井澤慶祝。
百合根第一次搭新幹線。
雖然我很擔心，但搭車時，牠很乖的待在籠子裡。

輕井澤的舒適空氣，小狗似乎也非常明白。
帶牠去散步時，牠蹦蹦地跳，興奮得不得了。
因為牠明顯很開心，我看了也很高興。
吃飯也可以帶著狗去，也能住同一間房，我想對百合根來說，應該是很滿足的三天二夜。

我們人類也可以悠閒地泡溫泉，我做了美容保養、品嚐了很多美食，最棒的是享受了不同於東京的澄澈空氣。

啊——要是百合根能賺錢，買棟輕井澤的別墅給我就好啦——。

企鵝在回程那天，發揮了他的本事。

原本我們計畫在東京車站買回家後晚上要吃的便當。

不過他突然說：「等等，輕井澤應該有賣釜飯。」

「釜飯？」我問。

以前我也曾經在外地品嚐過有名的釜飯。

但卻沒有印象深刻到還想再吃一次。

「是元祖釜飯喔。我記得很——久以前吃過。」企鵝很堅持。

但是，企鵝的「很——久以前」要小心，我基本上不太相信。「很——久以前」這句話是沒問題，但大多數的店家都隨著歲月推進，而破舊不堪。

不過，「我要吃釜飯！」企鵝不肯讓步。

最後，我屈服於企鵝的氣勢，決定吃釜飯。

不過，若要在新幹線上吃還可以，當作伴手禮帶回家，釜飯實在很重。在JR車站內，必須將百合根放進籠子裡揹著，光是這樣就很辛苦了，再加上釜飯，真的好重好重。

原本預計搭電車回家，結果只好改搭計程車，多花了不少錢。

於是，當天的晚餐就吃釜飯。

另外還有旅行前，事先醃漬的米糠漬茄子和小黃瓜。

太驚人了。

釜飯遠遠超乎我的想像，十分充實。

竹筍、香菇、牛蒡、雞肉，每道菜都很精心調理。

不愧是元祖釜飯。

聽說夏天，光是輕井澤車站的小商店，一天就能賣多達一千個。

米飯份量也非常多，吃得非常滿足。

雖然很重，但努力帶回來真是太正確了。

釜鍋正好適合煮一合量的飯，我決定下次自己吃飯時，也來煮煮看。

百合根一歲了！

前往拉脫維亞　7月7日

今天接下來要去成田機場。
為了取材，我將前往波羅的海三小國之一，拉脫維亞。
第一次去的國家。
國土有一半都是森林，光是這點，就令我由衷陶醉。

因為是公事，所以，企鵝和百合根留下來看家。
我做了大量的百合根漢堡排冷凍起來，昨天則為企鵝做了鹿尾菜。
因為我要到月底才會回來，等於三個星期都不在家。
我從沒有離開百合根這麼久（目前為止，最久的一次是去郡上八幡的三天二夜），說實話，我很不安。

百合根隨時在身邊的生活，已經變得太理所當然了，三個星期見不到百合根，我也不知道我能不能熬下去。

百合根好像察覺到不對勁，神情有點奇怪。

散步時莫名其妙地反抗，晚上也不睡覺。

牠現在也窩在我的腳邊，緊靠著不肯離開。

我從很久以前，就不斷對企鵝耳提面命百合根的照顧方式。

神啊，我祈求祢，請保佑在日本看家的企鵝和百合根。

我現在的心境，大概就是這種感覺。

以前我雖然聽過拉脫維亞這個名字，但連它在哪裡都不太確定。

夾著波羅的海，在北歐的下方；歐洲的最邊緣；旁邊是俄羅斯。
這樣的地理位置，使拉脫維亞容易遭受他國支配，不斷遭歷史擺弄。
正因如此，拉脫維亞人藉由傳統的手工藝，維持著拉脫維亞人的驕傲。
乍看之下十分溫馨的拉脫維亞手工藝，原來有這樣的背景。

我會遇見什麼樣的景色呢？
說不定會成為第二個柏林，讓我陷入戀愛。

永晝　7月8日

從成田飛了十個小時到赫爾辛基。

在飛機上，我看了RADWIMPS樂團的野田洋次郎所寫的《Rarirure論》。電影只看了《Maestro！》一部。

要進入歐洲，以赫爾辛基為據點應該是最好的。

從赫爾辛基轉搭小型的螺旋槳飛機，前往拉脫維亞的首都里加。

眼下的波羅的海，沒有浪潮，十分平靜。海面反射的雲朵如島影一般，有種神似瀨戶內海的感覺。

我忽然很想吃烏龍麵。

順帶一提，拉脫維亞的大小，約和四國差不多。那裡居住著二百萬人。

我擅自將里加想像成一座微微昏暗的城市，不過，里加其實非常明亮。並非天氣的關係，而是城市整體的氣氛相當高昂。

人也很開朗，這次為我們導覽的伍基斯先生，也是位日文非常溜又友善的青年。

穩重，溫和，樸質，非常美好的城市。

雖然拉脫維亞在地理位置上被涵蓋在北歐內，但是總覺得有種南方城市的氣氛。

像是義大利啊，葡萄牙啊。

綠意盎然。適度的都市、適度的鄉下，我很喜歡那種絕妙的分寸。

老舊建築也很多，光看市區街景，心靈就覺得很療癒。

晚餐吃飯店旁邊的餐廳。

飛往赫爾辛基的飛機上，我想喝啤酒想得坐立難安。

聽說拉脫維亞受到德國影響，啤酒也非常美味。

先祈禱旅途成功，以拉特加爾的啤酒乾杯！

帶著微微的酸味，確實也有拉脫維亞啤酒的感覺。

我很期待之後有機會品嚐各種不同的啤酒。

話雖如此，拉脫維亞的黑麥麵包，怎麼會這麼好吃呢！！！

不會太厚重，也不會太輕柔，能夠一口接一口地吃。

對拉脫維亞人而言，黑麥麵包就如同一個人的名片。

據說他們去旅行時，也會放在行李箱中帶走。

那份心情，我懂啊。

離開餐廳時明明已接近十點，外面卻還很明亮。

因為才剛過夏至，太陽要接近十一點才會開始西沉。

雖然曾聞其名，原來這就是永晝啊。

夜晚也不會全黑，一直朦朧亮著，在習慣之前，感覺有些不可思議。

今天接下來要搭車，前往拉特加爾地區。

因為時差的關係，不小心太早起床，我決定在吃早餐之前，稍微到飯店前的寬闊公園散步。

深夜，我聽見海鷗之類的鳥鳴聲。

百合根不知道過得好不好呢？

拉特加爾州　7月10日

不論是往右看，還是往左看，都是森林、森林、森林、森林。
因為太過舒服了，我的身心靈全面舒展開來。

我們從里加搭車前往拉特加爾州。
拉脫維亞有四個州，每個州都有獨特的文化。
拉脫維亞誕生為一個「國家」是在一九一八年，在此之前，每個州都是以如同獨立共同體般的形式存在。
拉特加爾州位於其中最東邊的位置，鄰接俄羅斯的國境。
這裡被稱之為拉脫維亞的發源地，也就是等同拉脫維亞原點的地方。

人民按照自古流傳的模式自律地生活。

拉特加爾州有三條法律。

一、不得進行貿易。不過可以販賣自己製作的物品。

二、將自己土地的生活方式傳授給子孫，讓子孫能夠仿效。

三、過新年時，身上不可有金錢。所有的餘額必須裝入黏土製成的容器中，封印後埋入土中。不過，僅限於戰爭時，可取出埋在土中的金錢。

至今仍嚴格執行這些教諭的地方，就是拉特加爾州。

跟自己食衣住有關的事物，全都由自己手工製作，他們珍惜這些事物，謙虛而機智地生活。

拉脫維亞以優秀的手工藝之國聞名，因為他們從小便在家中和學校學習手工藝。

孩子們到了十二歲，都會接受手工藝測驗，男女分別進行整整五天。

男孩子的測試項目，第一天要做木盤，第二天編織樹皮籃，第三天將亞麻紡織成線，第四天要製作能傳承二世代的堅韌草鞋，第五天要釘三根釘子。

女孩子的測試項目，第一天要紡織絲線，第二天要花一整天編織連指手套（Mitten），第三天為亞麻製的毛巾刺繡和縫蕾絲，第四天要以四種顏色的絲線，織成卡片梭織帶，第五天要猜測製作頭部用毛巾的製作者是誰。

合格後，男孩子會被授予短劍和皮帶，允許穿著褲子。

女孩子則會獲贈布製的特殊頭冠。

若不合格，則可能會被排擠在外，無法做為一個人生存。

咦？這是什麼時代的事呀？我嚇了一跳，聽到規則至今基本上都沒改變，又嚇了一跳。

但是，他們真的很普通地過這樣的生活。拉特加爾州的人們。

正因如此，優秀的手工藝才能代代傳承。

河川悠然潺流，湖面粼粼生輝，森林擁有豐富的資源。

他們慎重地、慎重地守護這片自然，謹慎而謙虛地活著。

我感覺拉脫維亞最值得驕傲的，就是人民的生活方式。

他們打從心底為生存感到喜悅。

大多數拉脫維亞人信仰的拉脫維亞神道教，屬於多神教。

如同日本有八百萬神明，拉脫維亞也存在多種神明。

而且，這些神明是相當近距離的存在，例如太陽神「紹萊斯」（Saule），

他們會稱呼為小紹萊斯，關係真的非常親近。

我對宗教，尤其是一神教的宗教，總覺得很彆扭，但對拉脫維亞神道教，則非常有同感。

回日本後，我想更加、更加瞭解拉脫維亞神道教。

前往擁有一片廣闊濕地的美麗湖泊時。

響起了一陣啪唦的水聲，一回頭，我們拉特加爾州的導遊洛里塔，迅速地換上泳裝，跳進湖裡。

在夕陽西下時，一人獨占整座湖泊游泳的洛里塔，身姿實在太過美麗，光看就很幸福。

拉脫維亞一定住著精靈。

雖然我看不見，但仍能感覺到祂們以溫暖的眼神守護著我們。

歌與舞之慶典　7月13日

歌與舞之慶典每五年一次，會於拉脫維亞的首都里加舉行。

被蘇聯佔領的屈辱時代，政府禁止他們唱歌、跳舞和穿著民族服飾。

因此現在能唱歌跳舞，對拉脫維亞人而言，等於證明了自己屬於自己。

那裡誕生了盛大得遠遠超乎我們想像的喜悅。

歌曲、舞蹈和民族服飾，就是拉脫維亞人的靈魂。

今年是舉辦青少年版的年份。

由拉脫維亞全國市鎮村所選出的三萬名孩子，下到小學低年級左右，上至二十多歲前半段，都分別穿著家鄉當地傳統的民族服裝。大家一起唱歌、一起跳舞。

就好像辦在拉脫維亞的歌舞奧運會。

市鎮村的學校以社團活動的形式各自練習，從正式表演前二週開始，所有人便暫住在里加的學校，進行全體練習。

這是舉國慶祝的國民性活動，全體國民都十分期待這項慶典。

今年的祭典據說有十萬人報名。

只有從中選出的三萬人，能夠站上舞台。

首先，我們參加七月十日在道加瓦競技場舉行的「舞之慶典」。

一萬五千名孩子們，穿著各自的民族服飾一起跳舞。

可是，卻不巧下起了冷雨。

難得穿了漂亮的民族服飾，真是太可憐了。
孩子們在被雨打濕的地方奔跑，所以，有不少人跌倒。
即便如此，大家都綻放著笑容。
單是能夠跳舞，就如此幸福。

隔天十一日，換了場地，這次在森林公園舉辦「歌之慶典」。
昨天的雨順利地停了，天氣放晴。
位於森林深處的會場，聚集了許多穿著民族服飾的小朋友們。
拉脫維亞在歐洲中也是公認美男美女多的國家，確實，每個孩子都長得很漂亮。
每個人都非常適合穿民族服飾。
每個人都好像妖精一樣。

其中，高中生年紀的男孩和女孩，穿著同樣的民族服飾，手牽手一起走。對出場者而言這是非常特別的活動，特別是來里加合宿，更是一段快樂得不得了的時光。

站在舞台上的有一萬五千人。

有七萬名觀眾守護著他們。

那真是一副美麗的光景。

然而，中途卻發生了異狀。

站在舞台上的孩子們，附近若有孩子不舒服，就會搖旗通知救護班，但四處都頻繁地搖起了旗。

那天的確一整天都很熱。

而且中途又突然變得很冷。

觀看的客人一開始穿短袖，中途都穿起了羽絨衣。
孩子們一直站在舞台上，與旁邊孩子的間隔也很窄。
又因為他們穿著民族服飾，所以，沒辦法調節體溫。
在里加合宿了二週，他們雖然興奮，卻也顯露疲態。
結果，接連出現暈倒的孩子。
於是在節目過了四分之三的時候，表演突然中止。

我對於這迅速的判斷十分佩服。
因為只剩幾首歌曲，想繼續的話應該還是能繼續。
他們以孩子們的身體狀況為優先，立即做決定，我認為這個判斷非常棒。
當然，沒有任何一位客人抱怨。
拉脫維亞是成熟的大人之國。

幸好，孩子的狀況沒有太嚴重，我也放了心。

不過其中還是有幾個孩子哭了，身為觀眾，心裡也覺得好複雜。

這是異常狀態。

最後因為救護班人手不足，觀眾中甚至有挺身幫忙的人。

觀眾中想必也有來欣賞自己孩子英姿的家長，他們一定擔心得不得了吧。

也有很多孩子因為擔心暈倒的朋友而哭泣。

發生這樣的狀況，原訂十二日上午於里加市中心舉辦的遊行，也中止了。

雖然官方中止表演，但仍以自願參加的方式舉辦遊行。

穿著民族服飾的孩子們，以及引領著他們的大人們，分別穿著故鄉的衣服，在鎮上緩步前進。

鼓笛樂隊吹奏著音樂，民眾一邊唱歌，一邊跳舞，時而發出歡聲，以肢體表現喜悅之情。
每個人的手上都拿著故鄉的花。

他們的身影，真的非常美麗。
看著看著，眼淚竟停不下來。
擁有如此崇高、美麗精神的人們，究竟受過多少屈辱，留下多麼辛酸的回憶呢？
拉脫維亞的人們，一直忍耐著痛苦。
而今日他們贏得了自由，能夠歌唱、舞蹈。

願走在我面前的孩子們，不再遭受虐待。
願拉脫維亞永遠安穩和平。
我不由自主許下這些心願。

我回來了！ 7月16日

從里加飛往赫爾辛基，在赫爾辛基停留二晚後，昨天傍晚前往柏林。
雖然今年夏天只停留二個星期，而且只有我一個人，但我一年仍想呼吸一次柏林的空氣。
我果然很喜歡柏林。
在柏林，全身宛如投入一個輕飄飄、無重力的空間之中。
對我來說，柏林是非常輕鬆舒適的城市。
就像穿著質地最舒適的衣物，甚至令人忘了真的穿著衣服，也就是如同全身赤裸般的地方。

為了不破壞、不讓拉脫維亞的體驗褪色，我帶著謹慎的心情來到柏林。對於拉脫維亞的人們及大自然所餽贈的龐大禮物，我該如何報答呢？故事的種子已植入我的身體之中，接著就慢慢花費時間，守護、培育種子吧。

我這次借住在定居於柏林的朋友家。朋友的家人恰好和我交錯，正回日本老家。從窗戶可以看見電視塔。仔細一想，我還是第一次住在原為東柏林地區的公寓。

我感覺柏林和拉脫維亞，有共同的地方。柏林正因為經歷過以堅固牆壁將城鎮一分為二的不自由時代，今日更加讚頌自由。

同樣地，拉脫維亞也正因為經歷過數不盡的屈辱佔領時代，今日更加由衷為和平感到喜悅。

他們明白生存之外，什麼才是最重要的。

拉脫維亞人的未來志向、明智解決事物的心態，真的非常打動我的心。

我們應該向拉脫維亞再學習更多。

學習認同差異，不傷害彼此的共存方法。

歌唱革命　7月19日

我都不知道。

當然，詞彙本身我是知道的。

人鏈。

距今二十六年前的一九八九年八月二十三日，當時十五歲的我，正在做什麼呢？

我忍不住氣得關掉LINE，拉脫維亞並不是俄羅斯。

對著說接下來要去吃晚餐的我，企鵝說了一句：「要去吃羅宋湯吧？」

「才不是呢，拉脫維亞的料理很好吃喔！」說完，他便回我：「不過以前是蘇聯吧！」

在我實際來到拉脫維亞之前，我對拉脫維亞的歷史也不怎麼關心。

不過，我現在已經知道了。

既然知道了，對於這些話就覺得怒不可遏。

被蘇聯佔領的時代，拉脫維亞的人民究竟留下了多麼痛苦的回憶？

他們受了多少迫害，又有多少無辜的善良人民遭到殺害？

據說在拉脫維亞，每個家庭中都有家人受過迫害。

對擁有如此崇高靈魂的人們，如此殘酷對待的組織蘇聯，我真心憎恨。

拉脫維亞在蘇聯支配下的時代，人人都必須做為共產黨員生存。

自古代代傳承下來的文化和傳統遭到否定，蘇聯吹捧統一大量生產的方式，強硬地改變人民的價值觀。

唱民謠、跳舞、穿著民族服飾也都禁止。

不過，拉脫維亞人忍了下來。

他們忍耐忍耐忍耐忍耐再忍耐，時而以蘇聯不懂的幽默度過，在艱辛時，反而以開朗的心忍氣吞聲。

然後等待。

當然，在這段過程中，壯志未酬身先死的人也非常多。

到了一九八〇年代後期，因戈巴契夫總書記推行經濟改革，蘇聯對自由主義運動的壓迫才漸趨減緩。

趁著此一趨勢，波羅的海三國發起了「波羅的海之路」。

一九八九年八月二十三日，同為蘇聯支配的命運共同體波羅的海三國（愛沙尼亞、拉脫維亞、立陶宛），分別於各自的首都維爾紐斯、里加和塔林，手牽著手，串起了人鏈。

活動約有二百萬人參加，串連了六百公里。

十五分鐘內，波羅的海的人們手牽手，向全世界發出訊息。

當時，拉脫維亞唱著獨立國家時代的國歌〈神啊，請眷顧拉脫維亞〉。

他們鼓起勇氣，持續詠唱著這首一直被禁止的歌。

並非拿武器作戰，而是以歌唱來帶動革命，真的非常非常棒。

之後，拉脫維亞於一九九一年恢復為主權國家。

回到和平時代，已經過了二十四年。

絕對不要再回到那段艱辛受苦的日子，這樣的心願，一直潛藏在拉脫維亞人的內心深處。

因俄羅斯併吞克里米亞，使拉脫維亞也無法安然度日。

這一次，全世界都應與其為鄰，提高警覺，守護著他們。想到我從前以多麼失禮的態度看待拉脫維亞，就覺得非常羞恥。

話說回來，拉脫維亞人和日本人一樣，都相當重視新年。我原以為拉脫維亞和其他歐洲國家一樣，聖誕節才是最重要的慶祝節日，其實並非如此。

換句話說，聖誕節會因不同宗教而崇拜不同神明，但元月慶祝新年的心情，任何人都一樣。

所以，新年會盛大地慶祝。

在拉脫維亞，除了拉脫維亞系，還有俄羅斯系、白俄羅斯系、烏克蘭系、波蘭系等各色人種存在。

宗教也是，除了自古流傳的自然崇拜之外，還有路德宗、天主教、俄羅斯正教等多方類別。

該如何在其中與思維模式不同的鄰居和平相處，顯示出拉脫維亞人處事智慧的豐富。

我認為積極且和平解決事物的心態，是拉脫維亞人最大的優點。

新年放煙火的軼聞十分有趣。

新年時，里加會挪用市府稅金放煙火，但為了決定發包的煙火公司，會先在夏天舉辦小規模的煙火大會。

公司彼此競爭誰家的煙火獲得最大的掌聲，掌聲最大的公司，可以得到在新年放煙火的權利。

而在新年，大家也會一齊歌唱。

不論何種思想的人，都會詠唱國歌。

那首在蘇聯佔領時代，被禁止詠唱的國歌。

的確，在歌與舞之慶典時，男女老幼都活力充沛，歡欣且驕傲地唱著歌的模樣，令我印象深刻。

從這樣的地方看日本，感覺我生長的國家，不知是否還有希望。

美國就那麼正確無誤嗎？

日本和美國齊心協力，不惜從地球的背後推動戰爭。

別說守護國民的性命，這難道不是連累國民的性命陷於危險之中嗎？

然而，明知事態會如此發展，在重要的選舉時，卻有將近半數的人放棄投票權。

自民黨是國民經過民主選舉選出的政黨。

他們永遠以「經濟」二字來蒙蔽國民的雙眼。

國民完全被他們玩弄於股掌之中。

我現在的願望，只有一個。

希望政府別用我繳的稅金去殺人。

暴力不能解決任何事情，政府明明清楚得很。

真可惜。

虧我們是和平又安全的國家。

現在，我光是想到我正位於與拉脫維亞國土相鄰的地方，就很幸福。

搭飛機只要一小時，便能到里加。

或許我真的會再次回來。我就是變得如此喜歡拉脫維亞。

不，不能簡單地以喜歡帶過，應該說我十分尊敬拉脫維亞人們的生活方式和思維。

若轉世重生時，必須選擇成為日本或拉脫維亞國民，我會毫不猶豫地選擇拉脫維亞。

然後，大聲地詠唱國歌。

在芬蘭　7月20日

從里加到芬蘭，感覺赫爾辛基是座相當繁華的城市。
待在拉脫維亞期間，幾乎遇不到日本人，在赫爾辛基的飯店卻遇見不少。
真受歡迎呀，赫爾辛基。
由於我從相當靜謐無聲的地方前來，為了調整些許平衡，煞是辛苦。

我是第一次來芬蘭，這裡真的相當安穩。
從各種意義上來說，很安逸。
我原想像芬蘭更帶有北歐特有的嚴肅感，但並非如此。
相較之下，德國較為緊繃。

由於飯店附近觀光客眾多，喧鬧不已，為了避免破壞拉脫維亞的記憶，我乘著船前往芬蘭堡。

在拉脫維亞的期間，我也參加過參訪旅行，真的從早到晚全天都在取材。忙得不知道今日是何日，回到飯店只想睡覺。

連看書的時間都沒有。

前往芬蘭堡的船上，我久違地繼續閱讀《Rarirure論》。

芬蘭堡雖是離島，但從港口只需十五分鐘便能到達。

中途，我看到一座小巧迷你的島上，有幢有著紅牆、令人印象深刻的小巧迷你房子。

THE·芬蘭！

這就是夏日小屋嗎？

我一直都很想去一次朵貝·楊笙（註）度過夏季的島嶼。

寫了我喜歡的《歐奈莉和安奈莉的家》一書的作者，記得也是芬蘭作家。

要去芬蘭堡，可以購買路面電車的車票。

因此，當地居民都會帶著狗去芬蘭堡散步。

真好呀，可以輕鬆地搭船去小島上遛狗。

有一天我也能帶著百合根來這座島嗎？我的想像擅自膨脹起來。

這麼說來，百合根使用的繫帶和牽繩，也是芬蘭製的商品。

芬蘭的小狗們也相當放縱。

教養的程度和日本小狗不相上下。

不，日本應該更好一點。

有不少機率會遇見拉著飼主往前衝，或是在船上也不斷吠叫的狗。

和德國受過完整訓練，彬彬有禮的狗大相逕庭。

飛到赫爾辛基當天的上午，我拜訪了岩石教堂。真的全是由岩石挖鑿而成，真是一座非常莊嚴、壯觀，十分有芬蘭氣息的教堂。

該教堂每天早上十點都有鋼琴演奏，我便滿懷期待地前往。

不過，實在太糟糕了。

用糟糕一詞形容，甚至遠不足夠。

明明鋼琴演奏已經開始，觀眾卻顧著拍紀念照、聊天。嘰嘰喳喳、吵吵鬧鬧。

沒禮貌的不全都是中國人，全世界的人類都在幼稚化。

主辦方不只一次發出「噓——」聲呼籲安靜，最後甚至不管正在演奏，也發出「噓——」聲警告觀眾。

即便如此，觀眾卻只有一瞬間恢復安靜，馬上又開始擅自說話。

可惜那是如此寧靜、溫柔，相當美好的演奏。

彈鋼琴的鋼琴師，應該是日本人。

為了這場演奏，他整頓好心情、集中精神，也努力練習。

仔細一看，他帶著耳塞演奏。

眼睛也是閉著的。

將外來的世界全部隔絕，封閉了自己。

如果不這麼做，應該難以忍受吧？

但是，演奏者不戴耳塞就無法演奏，這是怎麼回事？

能夠在這麼美麗的教會聆聽鋼琴演奏，本該是多麼幸運。

若能在這座靜謐的空間，僅聽到鋼琴的音色，那該有多幸福呀。

最後，我無論如何都想跟他道謝，告訴他仍有認真聆聽演奏的人，因此對他說了句「謝謝」，可惜的是，由於他戴著耳塞，也聽不到那聲感謝。

至少鋼琴演奏收費，會不會比較好呢？

不行的話，乾脆停止吧。

那樣的演奏，誰也不會感到幸福。

不過，我在之後去麵包店外帶的鮭魚口味派，好吃得不得了。

今天是下著雨的星期日。

從剛剛起，雷聲便響個不停。

註：朵貝・楊笙為芬蘭女作家、畫家，「嚕嚕米」系列作品的作者。

世事無常　7月21日

一到柏林，我馬上去了帽子店。

我現在住在米特區，離我最喜歡的帽子店非常近。因為我對陽光過敏，不論四季，帽子都不可或缺。這樣的我，擁有最多頂的便是她所製作的帽子。

她會從眾多的樣品中，配合我的頭形製作帽子。決定色彩，決定素材，挑選緞帶，幾乎全客製化。我至今見過、戴過形形色色的帽子，她做的帽子特別出色。氣質高雅、實在，卻又帶有幽默感，我真的很喜歡她做的帽子。

她是瑞典人。

專業意識高，總是筆直走在自我之道上。她流露這樣的精神。

走進店內，因為特價品很多，讓我覺得有點奇怪。

一陣子後，她說，她決定今年過後就把店收了。

咦！我驚訝又難過，她對我說，她打算從事全人醫療的工作。

她看起來十分開心。

原來如此，原來是這樣呀。

她的確有這方面的才能。

我想她走這條路，一定也能成功。

她說現在正是好時機。

眼神也閃閃發亮。

雖然她說可能會在網路繼續接單做帽子，但我想，這應該是最後了。這麼想著，我便買下了從去年，不，從更久以前就看上的帽子。也買了一頂給企鵝。

雖然我以笑容向她道別，走出店外，卻覺得十分寂寞。她是我打從心底喜歡的人。

原本在附近的咖啡店，走近後才發現變成了別的店，三年前停留時經常去的餐廳，也換了店家。打算去超市吃香腸，賣香腸的大叔也不在了。而且回程時，原本想預約常做的阿育吠陀，找到店家後，發現變成了瑜珈教室。

他是我非常非常喜歡的阿育吠陀老師。

他雙手的手掌，彷彿能將對方身上不好的事物，像吸塵器一樣猛力吸除；光看他的笑容，彷彿就能消去所有的疲憊，是個相當快樂的人。

去年夏天，我最後去的那次，他說他在店面附近的住宅遭小偷入侵，情緒難得低落。

會不會是因此討厭這個地方了呢？

如果只是搬家的話，倒是還好。

世事無常啊，我再次這麼想。

原本安心地認為會一直在那裡的店家，卻突然消失不見。

正當我因為這些事感到胸口隱隱作痛時，日本也傳來了令我難過的消息。

我曾寫過比ＮＯＭＡ還喜歡的中式餐廳，八月過後即將歇業。

我這次來拉脫維亞的前一天，還去了一趟。

沒有精神在家做飯時，我總是毫不猶豫地走進那家店。
我想那家店和星級啊、米其林啊、流行啊、雜誌採訪之類的沒有什麼緣分。
但無論何時去，不鏽鋼鍋總是擦得閃閃發亮，恰恰恰地迅速為我做出料理。
炒飯附的湯，老闆娘一定會給我二人份，她一直都是那麼親切。
不過，老闆已經高齡七十三歲，身體也不太好了。
一直以為那家店理所當然地存在，其實並不是這樣呢。
我只能再去一次或二次了。
好想吃炒麵，也想吃麻婆豆腐，也想吃排骨飯。
知道這件事的企鵝，聽說中午和晚上，一天去吃了二次。
希望他連我的份一起吃得飽飽的。

今天下午三點過後，因為雨停了，我便到附近散步。

隨意走走，進入路邊經過的店家，點了杯拿鐵咖啡，邊喝邊看書。

這一帶的公寓我以前也曾住過二次，不用看地圖也能大致知道方向，真令人開心。

大約五點時離開店家，繼續隨處閒逛。

逛著逛著，經過了柏林愛樂廳前。

我好喜歡這個地方啊！。

非常非常有柏林的感覺。

我第一次因JAL機內雜誌的工作來到柏林時，就被帶來這裡。

雖然那時對柏林一無所知，但一來到這裡，一下子便喜歡上了柏林。

當時正值初春，好像吃了多如小山的白蘆筍吧。

雖然剛剛過而不入，但還是難以割捨，又轉身回去。

還是喝杯啤酒再回家吧！

我雖然這麼想，但因為實在太冷了，於是放棄啤酒，改喝德國的紅葡萄酒。

對了對了，這份量果然是德國。

這樣的杯子倒這樣的量，明顯很不平衡，但既然寫著200ml，若是過多或過少，心情上也會難以釋然吧。

準確無誤，我想這正是德國人的美德。

而我小口啜飲著紅酒，不自覺輸給了誘惑。

其實今天原本打算去吃越南菜的。

因為略帶涼意，便想吃些熱騰騰的河粉。

但等我回過神來，已經點了炸豬排。

只有炸豬排，不論在哪間店吃都不會踩雷。
聽說炸豬排原本是奧地利料理，卻在德國發揚光大。

真好吃。
豬肉下方，墊著酸酸甜甜的調味馬鈴薯。
這裡的人喜歡淋上甜甜的果醬吃，但我只沾檸檬。
每次吃炸豬排時，我都會後悔，啊——要是有帶炸豬排醬來就好了！

吃完後，微醺地回家。
因為身體實在太冷了，便喝了杯熱呼呼的玉米茶。
明天開始，來寫故事吧。

合理性　7月22日

我對我們的拉脫維亞導遊，伍基斯先生所提的話題深感興趣。
那是關於自殺的內容。
直到幾年前，拉脫維亞還是世界上屈指可數，自殺率高的國家。
鄰國立陶宛則是世界第一。
不過，接下來是拉脫維亞厲害的地方。

政府調查了想自殺的人們，選擇了何時結束生命。
當然，每個國家都會調查。
結果顯示，十月中旬到十一月中旬，自殺的人數增加最多。

這段時期天氣變冷，日照時間也減少。

於是，政府便開始推行點亮整座城市的運動。

名為「燈飾祭」。

這項活動在拉脫維亞各地舉行。

結果自殺的人急速減少，發揮了極為出色的效果。

太精采了。

說到自殺，很容易聯想到精神方面的問題，但其實也有不少其他的面向。

就連憂鬱症，也可能是由於骨骼歪斜，或睡眠不足等基本的不健康因素而導致。

因為日照時間短，一片漆黑便容易想尋死。所以，就用電燈的力量，以物理方式照亮城鎮。

這真是非常有拉脫維亞風格的合理思考模式。

不愧是「良都美野」（將拉脫維亞的片假名轉為漢字就變成這樣了）。

他們機智的思考模式真令我感動。

拉脫維亞人非常機智。

導遊伍基斯也是一位幽默機智的人。

他那獨特的說話語調，現在仍在我的腦海中揮之不去，有點困擾就是了。

伍基斯對日本抱有特別的想法，是他還小的時候。可能是五歲，或差不多的年紀。

他看了浮世繪和草書，對那份美麗感到十分衝擊，便開始自學日文。

沒錯，伍基斯先生沒有日文老師，也沒有去日本留學的經驗。

他完全是靠自學學會日文的。

他會的詞彙超乎我的想像。

不斷脫口而出我們都不知道的日文。

雖然我們告訴他，沒聽過這句話、不用這個字，他也說字典裡真的有寫。

他至今為止去過日本的次數，只有三次。

停留日數合計起來，也不滿五十天。

他真的是非常非常喜歡日本的拉脫維亞好青年。

於是我問他，你這麼喜歡日本，難道不想住在日本看看嗎？

接著，伍基斯以非常認真的神情，回答我：「我若去日本，拉脫維亞會很傷腦筋，所以，不行。」

我原本覺得，好像有點太誇張了，但離開拉脫維亞時，我發現不只伍基斯先生，他們所有國民都這麼想，我才明白一點也不誇張。

現在在日本，能斷言沒有自己，日本會感到困擾的人，會有多少呢？

至少我說不出口。

對拉脫維亞人而言，最深感羞恥的事，就是失去了拉脫維亞人的特質。這是替我們開巴士的因塔先生告訴我們的。

否定自己的出身（根源），最令拉脫維亞人嫌惡。

每個人都喜歡自己出生的國家，喜歡得不得了。

他們抱持著要貢獻一己之力讓國家更好的心態，因此，不能輕易決定離開自己的國家。

貢獻，是拉脫維亞神道教的十德之一。

人們為社會付出自己擁有的知識；國家，因每一個人的成長而成立。

雖然人口只有二百萬人，但那或許正是齊心團結最恰好的人數。

離拉脫維亞越遠，拉脫維亞的機智與美麗看起來越是耀眼。

今天中午用LINE和企鵝聊天後，便直接倒在沙發上睡著了。
等我注意到時，已經傍晚五點半了。
中途雖然醒來好幾次，但都沒有起床。
或許是感覺到蓄積至今的疲勞了吧。

百合根似乎過得很好，我放心了。我不在也沒問題。
出發前，我真的很擔心。
牠要是不吃飯該怎麼辦？要是一直在玄關等我，該怎麼辦？
企鵝會好好照顧牠嗎？
而我離開百合根，還能不能保持平常心呢？最大的煩惱其實是對自己。
不過，端看結果，彼此都過得很平順。
企鵝能不辭辛勞地照顧百合根，是最了不起的了。

百合根變得比我想得更穩重。
因我認為飼主的本分，是萬一我不在時，也要讓百合根能好好生活下去。
這一點，我覺得我做得很不錯。
百合根其實沒那麼脆弱呀。
去年夏天和可洛分別時，可是辛苦多了。
一見到路邊的小狗，就會想起可洛。
好想好想快點見到牠，想得不得了。

百合根不是那麼敏感的狗，真是太好了。
轉換心情之快，不愧是法國犬！
早就迅速將我忘到一邊了。不過只要見了面，牠一定會再想起我的，所以，沒關係。
只吃我事先做好的百合根漢堡排，企鵝覺得不滿足，還開發了獨家菜單。

若我在的話，百合根一定會到我身邊來，現在他贏得了百合根心中的第一名寶座，表情喜形於色。

呵呵呵，真實版的扮家家酒。

不過我很擔心牠吃得太多，會增加體重。

今天一定要去越南餐廳吃河粉。

在此之前，要配著炸春捲，暢飲啤酒一杯。

週末心情　7月23日

一到星期四，週末的氣息便濃厚起來。

星期五的下午，大家開始歡鬧，在星期六達到最高潮。星期五和星期六的大眾運輸全天運轉，熬夜的人增多，外頭直到深夜仍熱鬧不已。

星期日形勢一轉，變得非常安靜。除了鬧街的部分餐廳和咖啡店外，無論是超市、百貨公司、獨立商店，幾乎都不營業。星期日，大家都一起休息。這樣的機制很不錯。

為了能在星期天，釋放一星期的疲勞。然後以全新的心情，迎接隔日開始的新一週。

想成每週都過一次日本的元旦，或許比較好懂。我很喜歡這種張弛有度的感覺。

今天早上，我做了豆腐和雞蛋炒豆腐。厚實堅硬的柏林豆腐十分新鮮，沒有吃豆腐，就不像來到柏林。容器用完後可以回收，資源再利用。這樣一來，除了買來做沙拉的綜合沙拉葉之外，冰箱裡的食材都用完了。在異國他鄉，且用不習慣的廚房做菜，有所極限。企鵝在的話倒還好，做一人份的料理實在很困難。而且走出戶外，四處都有便宜又美味的餐廳。我想藉此機會，替也在異國他鄉努力做料理的日本人打氣。因此，我決定剩餘一週的停留時間，乾脆都吃外食度過。不做飯，多出來的時間也能夠看書。

這次，我在各種不同的地方看書。

話雖如此，今年夏天的停留期間雖久，但我可能並沒有完全享受柏林。到目前為止，這次最充分體驗到柏林的空氣——我並沒有這種感覺，而且哪裡也沒去。

我也沒搭城市快鐵和地鐵。換句話說，就是沒出遠門。雖然拿去年用剩的車票搭了一會兒路面電車，但除此之外，都在走路能到的範圍內行動。

美術館也沒去，音樂會也沒去。

光是在家裡就很舒服了呀。窗戶對面有座公園，展開一片寬闊的綠地。

再來就是埋頭寫故事。

對了，黏在窗戶上的機器，我一開始還不知道是什麼。不過當大量的陽光從窗戶灑落時，我知道了它的真實身分，真是吃了一驚。照到太陽後，機器便會自己產生動力，以此旋轉兩條垂墜的透明裝飾。這麼一來，白色的牆壁就會因為反射，躍出許多彩虹色的光芒。

多麼劃時代的發明呀！

陰天和夜晚便固定不動，直到太陽出現時才運轉。感覺好像生物一樣，真是可愛。

這在柏林很流行嗎？如果知道哪裡有賣，我真想買回去當伴手禮。

另外，身在柏林一定會見到的，就是二輪馬車。

接續去年，我今年也以羨慕的眼神看著二輪馬車。

那是一家漂亮有型的自行車店賣的，最新型二輪馬車。

乘坐二人、三人都很容易，也附有兒童用的安全帶。

要是有這輛車，我就能載著可洛和百合根二隻狗，一起去遛狗場了。

若拚命一點踩踏板，說不定還能載企鵝呢。
還有附豪華敞篷的二輪馬車，光看就覺得很有趣。

昨天，我去了附近一家素食越南餐廳。
因為只有我一人，所以，能隨興地吃自己想吃的東西。我連續二天都吃越南菜。
由於外面沒有空位，我便坐裡面的位置，但室內有點暗，於是我放棄看書，開始看起 iPad 內的照片，這下卻糟了。
我不自覺地看起百合根的照片，心情不住感傷起來。
以前好小隻呀，百合根。
我突然想起百合根，變得好想見牠。明明在這之前還不要緊的。
不論別人怎麼看，我都覺得百合根很可愛。
回家後，一定要好好撫摸牠，摸到牠嫌煩。

磐石的意志　7月27日

我去了猶太博物館。雖然幾年前也去過一次，但我認為若可以的話，這裡是每次來柏林都該去的地方。

以跨越舊東柏林和舊西柏林的形式所建造的建築物，本身便是一道強烈訊息。

外型彷彿象徵著猶太人流離失所的命運，屋頂傾斜，窗戶也宛如挖鑿牆壁般，呈現不規則的外型。

入口處要像搭飛機一樣，以X光線進行隨身物品檢查。

沿著階梯往地下前進，由於走廊和天花板分別以不同的角度傾斜，流露不安穩的氣息。

接下來，道路分成三條。

流亡之軸，代表著猶太人逃難，逃往美國、巴勒斯坦、南美洲、非洲、上海等地，艱苦倖存的命運。道路的前方是庭園，那裡有四十九根水泥製的柱子。

柱子上鋪著厚土，橄欖樹和胡頹子生氣蓬勃地開枝闊葉。

這裡雖然能看見天空，卻與外界隔絕，地板也呈現傾斜狀，難以步行。設計敘述著即便成功逃命，也不代表平穩生活等著他們的複雜心境。

另一方面，大屠殺之軸，代表無法成功逃命，被奪去性命的人們的命運。整齊排列的遺留品上，附加了持有者的詳細說明。

一想到裁縫機、餐具、毛巾等，原為消耗品的日用品，成了罹難者重要的遺物，便覺得十分悲傷。

其中還有在里加集中營死去的女性自畫像，以及來自奧斯威辛集中營的信。

前方是大屠殺塔，那是個什麼都沒有的空蕩空間。

遙遠的頂端僅有一扇極小的窗，陽光便從那裡灑落，也能夠聽見外界的聲音。

但是，無法從窗戶離開。

一直蹲踞在這種地方，連自己是生是死，都會摸不著頭緒。

有光線的地方就像天堂，若不死亡便無法觸碰那道光。

彷彿由此體驗了被送往集中營的猶太人心境，真的有種無處可歸的絕望。

接下來，還有一條延續之軸。

這裡的展覽能夠瞭解猶太人連結過去、現在和未來的生活方式。

長時間待在博物館內，平衡感會變得奇怪，感覺噁心不適。出了博物館，深切體會到走在筆直的「一般」道路上，是多麼幸福。我邁著這雙腳，前往為遭虐殺死亡的歐洲猶太人所建的紀念碑。

紀念碑位於布蘭登堡門旁，換句話說，就是眾多遊客造訪的觀光地一角。德國的國會議事堂也在附近。

那裡有二千七百一十一座外型令人聯想到石棺的水泥製立方柱，方向整齊地排列，遊客能自由地穿梭其中。沒有書寫任何關於石柱的說明。有人坐在石柱上，也有人帶狗來散步。小孩子們發出歡聲，玩起了鬼捉人和捉迷藏。

這些堅固的石柱，會恆久長遠，只要巨大隕石沒有瞄準了那裡墜落，便會永——遠、永——遠留在那裡。

這麼一來，大屠殺的記憶也會永——遠、永——遠保留下來，令人類持續反省。

這樣的紀念碑建於國家一等土地上，想必想忘也忘不了吧。

沒錯，德國人拚命努力不遺忘。

這一點真的相當相當偉大。

在學校，學生也會上許多關於大屠殺的課程，絕不逃避正視自己人犯下的罪，心態十分堅強。

這些紀念碑越看越覺得心痛。

他們或許明白，不做到如此地步，事件就會被輕易遺忘。

正因德國抱持正視不逃避的態度，今日才能在全世界抬頭挺胸。

這麼想來，便感覺日本的進步晚了好幾圈，甚至好幾十圈。

試想，政府敢在比如國會面前，建立追悼被我們奪去性命的亞洲人民紀念碑嗎？

倘若這麼做，七十年來一直逃避正視歷史的帳，便會不斷地擴大，越來越沉重，讓我們感到非常痛苦。

雖然有著極為相似的過往歷史，七十年後，日本和德國卻大相逕庭。原因或許在於德國為磐石文化，相對於此，日本則屬於木頭文化。德國，應該說歐洲的人們能夠無所謂地住在上百年前的公寓，正因建築都是由石頭所建。

而日本因為會發生地震和火災，住家並不恆久的意識較強烈。即便想留下，也會因木造而留不住。

建築若壞了，馬上會在同一個地點，再建造更堅固的建築。之前的建築是什麼模樣早就忘得一乾二淨。就這麼一次又一次付諸東流。

不過，關於歷史，我仍強烈認為德國做得不對。特別是關於負面的歷史。若不這麼想，恐怕又會重演同樣的過錯。

看了為猶太人而建的紀念碑後，我穿過馬路，到蒂爾加滕公園散步。有人在午睡；有人在曬日光浴；有人在讀書；有人在騎自行車。大城市中竟然有這麼大片的森林，真是奢侈。停留在這座城市的日子，還剩幾天。盡情享受自由的空氣吧！

EIS派對　7月30日

停留在柏林的最後一天。

我和住在這裡的三位日本朋友，加一位四歲的小朋友，在冰淇淋店會合。

每個人真的都好喜歡冰淇淋。

冰淇淋約會、冰淇淋會議、冰淇淋派對。

大家邊吃著各自喜愛的冰淇淋，邊坐在店家門口的座位聊很久。

滿四歲的小梅，長得越來越可愛了。

她是日本人和德國人的混血女孩，日文說得非常好。

接下來，我去了動物園（Tierpark）。

柏林除了有名的柏林動物園（Zoologischer Garten）外，還有另一座動物園。我前幾天才知道這件事。

對了，因為這城市曾經一分為二，所以，動物園也有兩座。北極熊克努特所在的園區，是西側的動物園。而我去的則是東側的動物園。

每位在地人都說，比較喜歡東側的動物園。

論大小，也絕對是東側的動物園較大。

雖然我覺得另一座動物園也非常大。

去了之後，我發現的確能放鬆身心，是一座很棒的動物園。

以前去的柏林動物園，觀光客非常多，光買門票都要大排長龍。

不論走到哪裡，都擠滿了人。

不過東側的動物園，真的非常清幽。

遊客幾乎都是當地居民，也有很多人帶狗來散步。

就像森林中，動物一隻隻探出頭來的感覺，是個非常舒適的地方。
而且動物們距離得非常近。
因此，我投東側的動物園一票！

不過，在這裡也會讓我想起百合根。
尤其是北極熊和大象特別危險。
因為總覺得很像嘛。
我會忍不住一直盯著牠們的動作看。

回程時，我到十字山區一家德國最好吃的麵包店，買了麵包伴手禮，回到公寓放好行李後，最後一晚便去吃附近的義大利餐廳。
德國的雷司令葡萄酒微微發泡，真好喝。

說起來，這回還是第一次吃義大利餐廳。

最常造訪的是越南菜。柏林的越南餐廳，不論走進哪一家，味道都和在越南吃的一模一樣，真是厲害啊！

我也終於知道春捲和夏捲的差別了。春捲是油炸的炸春捲，夏捲則是生春捲。因為是以高溫油炸，所以，我擅自認為夏捲才是炸春捲。但其實是相反的。

而我喜歡的是春捲。

我通常會點炸春捲配啤酒，最後吃一碗小的河粉，這是我的固定菜色。

話說回來，這裡的人都會很順手地用筷子吃。

筷子文化擴展開來，是一件很棒的事。

我吃著義大利麵，喝下了兩杯雷司令，而且第二杯只有200CC，離開店家時感覺心情很不錯。

接著我繞路去冰淇淋店，買了一支香草冰淇淋當作甜點。
吃著吃著，忽然發現我竟然在一天內，吃了兩支冰淇淋。
不過，反正是最後一天了嘛。
這支一歐元的香草冰淇淋，我非常非常喜歡。
一支冰淇淋便能帶來幸福的城市，真的很出色。
接下來，我去附近的咖啡店吃早餐，回到公寓帶走行李箱，前往泰格爾機場，先飛往赫爾辛基，再由赫爾辛基飛到成田。
真想將柏林這股清新的空氣，一起帶回家。
這次也非常完美！
到什麼時候，我才會覺得不用再去柏林也沒關係呢？
能夠在柏林，體會到在拉脫維亞感受的感動餘韻，真的很幸福。
故事，也培育好了。總覺得度過了十分充實的二週，太好了，太好了。
即將遠離拉脫維亞，我現在非——常悲傷。

向北，再向北　8月3日

上週五我回國了。

久違地與企鵝和百合根重逢。

星期六中午帶百合根去理毛，當晚則吃附近的中式餐廳。

高溫和時差讓我腦袋昏昏沉沉的，不過老闆迅速端出來的料理，我真心覺得很美味。

這一餐，恐怕是最後一次了吧。

今天，我再次踏上旅程。

將行李從一個行李箱移到另一個行李箱，好像在走鋼索。

目的地是北海道。

當然，這次是全家人一起去。

一開始的計畫是搭飛機。

但因為獸醫的建議，盡量選擇了對百合根負擔較少的交通方式。

因此我們改走陸路。

接下來將開始大移動，慢悠悠、慢悠悠地，向北、再向北。

搭乘日本的航空公司，必須將寵物做為行李保管。

主人與寵物分開，表示這段期間，主人無法知道寵物會變成什麼狀態，風險很高。

這一點，歐美的航空公司，當然不是每一間，最近開始能將寵物當作隨身行李，帶上飛機了。

寵物就在主人的腳邊，令人安心。

如果日本的航空公司也能帶著寵物上飛機就好了。

身為養狗人士，我殷切地想。

不過，走陸路旅行，我們已經相當習慣了。

去年夏天，我也花了二天從柏林前往義大利。

所以，這次算是日本版。

其實我原本想搭仙后座號列車。

但是去程和回程都是一開賣就馬上售完了，實在太難預約。

因此，今天先搭新幹線到新青森，再從新青森轉車到青森，接著往函館前進。

對百合根來說，這是場大冒險。

總之，我只能祈禱我們平安順利抵達函館。

對了，時隔三星期沒見的百合根，完全忘了我的存在。

雖然打開玄關大門的瞬間，牠還是開心地飛奔而來，但對任何人都這麼做。送宅急便的小哥、來訪的客人，牠都以同樣的態度歡迎他們。才三個星期，我的第一名寶座便被企鵝奪走了。

這也是當然的嘛。給飯吃的人最大呀。

百合根對我莫名地疏遠，從遠處露出「妳是誰呀？」的表情看著我。牠應該還記得我們之前有見過面。

而百合根拚命想靠自己回想起來的模樣，真是惹人憐愛。

現在是「這位客人還不回家嗎？」的感覺。

牠和企鵝之間的感情，變得相當深厚了。

突然嚐此滋味可能會情緒低落，不過，去年我已經在可洛身上體驗過這種「被忘記」的感覺了。所以，沒關係。

過幾天牠就會想起來了吧。

說不定在此之前，能再次建構一段新的關係。
首先去北海道，帶牠到處散步，一起度過快樂的時光吧。

追記。
這本日記的二〇一三年份，又將出文庫版了！
這次的書名是《今日的天空色》。
背景是二年前，我在鎌倉度過夏季那年。
因為有那年夏天，我才能寫出《山茶花文具店》。
請各位務必一讀。

羊蹄山　8月6日

我們將打擾到八月底的家，位於羊蹄山的山麓下。

地理位置屬於新雪谷町。

雖然曾有耳聞，不過，真的是個彷彿來到國外一樣的奇妙地方。

基本上都說英文。路上的行人，也有很多是外國人。

有些乍看以為是日本人，但其實是亞洲各國來的人。

花費二天的陸路之旅，超乎我預期地輕鬆。

新幹線一下子就到新青森，接著往函館前進的過程，也都沒問題。

百合根非常乖，沒有發出咿嗚聲，也沒有汪汪叫，從頭到尾都很放鬆。

雖然較花時間，但選擇陸路真是太正確了。

而且明年新幹線將通車到函館，陸路旅行變得越來越輕鬆舒適。

下次也決定走陸路了。

上次來函館，是國中畢業旅行時。

我記得那時搭了最後一班青函接駁船。

現在都經由青函隧道通行了。

函館雖然只住一晚，但真是一座很棒的城市。

回程時還會再住一晚，希望到時侯能去看看教堂。

還有，回程時一定要去市場吃一碗份量滿滿的鮭魚卵蓋飯。

去程時因為錢不夠，所以，沒有吃。

大致從今天起，新雪谷的生活也步上了軌道。

雖然新雪谷不如東京方便，但我感覺，包含不便感在內，都是一種樂趣。食物也非常好吃。

不論是啤酒、霜淇淋，還是蔬菜，每一樣都好好吃。而且，好寬闊。到了北海道，距離感也不同了。若一直住在這裡，應該會養成寬大的個性吧！

我已經變成小事情就隨它去的心情了。

百合根因為氣候涼爽，非常地興奮。

隨時都願意跟我去散步。

因為我們沒開車，所以，有點擔心，不過步行和搭公車大致上都沒問題。

從窗戶眺望的羊蹄山，非常美麗。

我有一種預感，我似乎會非常喜歡北海道。

今天中午，我看了電視播的高中棒球比賽。

雖然我替北海高中加油，但還是輸了，輸給鹿兒島實業高中。

這幾年都在柏林度過夏季，所以，從沒看過高中棒球。不過，今年度過夏季的方式，或許也很不錯。

今晚的菜色是馬鈴薯和香腸。

沒錯，跟柏林的餐桌好像。

普通的咖哩　8月11日

隨身帶到旅行地最有用的，就是咖哩塊。

我去國外旅行時一定會帶咖哩塊，這次也馬上承蒙照顧。

馬鈴薯、洋蔥、紅蘿蔔等食材，幾乎全世界隨處都買得到，所以，咖哩是不論任何環境，都能製作的優秀料理。

在東京的自家時，我很少使用咖哩塊，但這種時候就很方便了。

我們住的附近，只有一家Seicomart，以及一家便利商店。

Seicomart就像是北海道版的當地密集型超商。我應該寫有二家便利商店，比較簡單易懂。

雖然也有大型超市，不過不搭公車就到不了。
公車一小時有一班倒是還好，但若沒有配合好時間，去程就算了，回程可能好幾個小時都回不來。
所以，我購物基本上都去Seicomart。
Seicomart也有賣豬肉片，非常方便。

我一說要煮咖哩，企鵝便不斷耳提面命，說要煮普通的咖哩喔。
他說他現在想吃普通的咖哩。
而我現在也只做得出普通的咖哩，利害地達成一致。
不過，我能明白企鵝覺得普通咖哩比較好的心情。
奶奶做給我吃的咖哩，就是這樣的咖哩。
馬鈴薯和紅蘿蔔都切成大小均一的骰子狀，味道絕對不辣，也絕不複雜。
由於食材切得很小，熟得也很快，馬上就煮好了。

吃的時候，再淋點醬汁。

若加上紅豔的福神醃菜，就更完美了。

昨天煮的咖哩，就是那種「普通的咖哩」。

望著大自然的美景吃咖哩，應該很對味。

話說回來，為什麼北海道的食物，會這麼美味呢？

是水質不同嗎？還是空氣不同呢？總而言之，不管吃什麼，都帶著清甜的味道。

前天，附近的廣場開了市集，我在那裡買了毛蟹，做成蟹肉壽司。

比目魚生魚片和扇貝也都很新鮮，令我無可挑剔。

由於食材本身很新鮮，用煮或烤等簡單的烹調方式就足夠了。

因此這幾天，我都在家中的廚房煮飯。

不過，食物美味固然令人開心，但也因此不自覺喝得太多、吃得太飽。

住在距離大自然如此近的地方，是不是會常常運動呢？其實也沒有。

住東京時，走的路更多。

這裡基本上都是山，山坡路不好走，很難感覺散步是件愉快的事。

因此，我有點擔心回家時，企鵝的肚子會變成什麼樣子。

百合根在新雪谷的遛狗場也瘋狂暴走。

原本帶牠來，是想讓牠跟別的狗玩，但因為遛狗場沒有其他狗，牠便自己一隻狗橫衝直撞個不停。

這次短暫停留於新雪谷，最開心的或許是百合根。

來到北海道後，我感覺百合根好像散發著狗的體味，是我的錯覺嗎？

從遛狗場回來後，筋疲力盡而睡著的百合根，真是太可愛了。

今天的晚餐，是青花菜、鰈魚一夜乾和鯖魚，再加上鹽味飯糰。

吃完這餐，從東京帶來的米，就全部吃完了。

現在，企鵝正拚命地磨著白蘿蔔。

昆布與秋色天空　8月20日

我去了積丹半島玩泛舟。
以前雖然也曾在屋久島玩過溪流泛舟，不過海洋泛舟還是第一次。

海水非常清澈。
宛如透過一片玻璃，窺探森林中的模樣。
我後來才知道，那天的浪其實很高。
獨木舟也相當晃。
雖然有時會因為浪花打來，很難朝預定的方向前進而陷入苦戰，但往四周一看，壯麗的大自然展現在眼前，感覺好幸福。

不划槳，就讓獨木舟這麼隨波蕩漾，躺在船上睡個午覺，一定很舒服吧。
不過要是真的這麼做，恐怕會漂流到茫茫大海之中吧。

中途，大家一起到洞窟中探險、靠岸到海邊吃午餐，充分享受大自然。
近距離看到在海中搖曳的昆布，也是第一次。
我伸直了手，抓住昆布。
直接送入口中，口感清脆有嚼勁，真是好吃。

我採了幾片昆布帶回家。
最近正好在找昆布。
雖然這昆布不像日高或利尻那麼好，不過曬乾之後，也能熬出美味的高湯。
現在正在日曬中。

享受了海洋獨木舟後，便前往位於峽谷的溫泉。

溫泉就像海水一樣鹹，泡完皮膚變得滑溜溜的。

北海道很多地方都有溫泉，能夠享受各種不同的泉質。

從露天浴池眺望眼前寬闊的海洋，真是絕佳位置。

泡完溫泉後，品嚐了海膽蓋飯。

說到積丹半島，就是海膽了。

而且還是紫海膽。

密集堆積在白飯上的海膽，因為沒有泡藥水，所以，能品嚐到自然的原味。

海膽要從殼中取出，真的非常費工。

畢竟要從尖刺之中，一個個小心取出以免破壞外型，價格當然也就高了。

我買了紫海膽，給負責看家的企鵝當禮物。

不放在飯上，只單吃海膽，因為泡在海水中，真的非常好吃。

二個人喝掉了三分之二瓶左右的白酒。

當天夜晚，雖然我已經不記得了，但我似乎在夢中也划了小船。

手因為晃動而打到牆壁，好像還叫了一聲「好痛！」

雖然我完全不記得了。

新雪谷的天空已是秋色。

感覺到季節已經由夏入秋。

早晚都十分寒涼。

今天接著要前往札幌，二天一夜。

從俱知安的車站出發，不到二小時。

對道產子（譯註：出生於北海道的人）而言，二小時的交通距離，似乎是屬於「近」的感覺。

的確，北海道非常大，我能明白為什麼會漸漸有這種感覺。

因為北海道出生長大的人，都非常大器呀。

回國　8月30日

回程也在函館住一晚，花了二天，經由陸路回國。
因為同是國內，應該不能說回國，但總有一種從國外返回的心情。
一定是新雪谷國際化的氛圍，讓我產生這種心情吧！

今天早上，我帶著百合根從飯店散步到紅磚瓦倉庫一帶。
接著回到飯店，看電視播出的世界田徑錦標賽馬拉松賽，上午十一點十九分，從函館搭上電車。
穿過青函隧道，在新青森轉乘新幹線，下午五點稍過，抵達了東京車站。
雖然感覺經過長途跋涉，但陸路之旅也瞬間結束了。

比起搭飛機，我或許更喜歡陸路之旅。

等明年春天，新幹線開通到函館，聽說從東京出發只要四小時便能抵達。住在新雪谷時，北海道的電視新聞，幾乎每天都在報導新幹線開通的相關內容。

二十年後，新幹線更會由函館經由新雪谷，延伸至札幌，離東京也越來越近了。

直達新千歲機場的國際航班也會大幅增加。

將來也會有更多更多的人，從外國來到北海道。

因為一直待在人口密度低的新雪谷，剛到札幌時真是震驚不已。

有好多人在路上走！有好高的大樓！有好多店家！

雖然只待二天一夜，但回到新雪谷時，真是鬆了口氣。

新雪谷比羅夫地區的祭典非常有趣。

因朋友正好從札幌來找我玩，我們便和在新雪谷認識的鄰居，一行六人前去祭典。

最有趣的，是充滿國際色彩的路邊攤。

中華啦、韓國啦、越南啦，能品嚐到各個國家的料理。

喝著啤酒，也喝紅酒，聆聽太鼓演奏，也欣賞煙火。

煙火和隅田川等地相比，規模真的很小，雖然發數少又小，但反而有樸素之美。

平時這裡人很少而相當寧靜，但祭典會場的人潮卻多到令人不禁疑惑大家都是從哪兒來的，其中還不時夾雜著英文。

待在鄉下，早市和祭典之類稍微盛大一點的活動，都令人殷切期盼。

這是生活在都市難能體會的經驗。

過了中元節，便已經是秋天。

接連於拉脫維亞、柏林、新雪谷度過的今年夏天，也在今天畫下句點。

回到我們家後，百合根非常開心。

連我們人類都覺得旅途相當辛苦，對小狗來說一定非常難受。

回程的計程車上牠有點暈車，但不論去程或回程，牠真的非常努力了。

這次，牠也成為十分習慣旅行的狗了。

最近我家形成的潛規則，是從旅遊地回來時，要買當地的鐵路便當回家。

接著回家後，在家中享用。

因為出門旅遊，所以，冰箱空蕩蕩的，加上十分疲憊，連廚房都不想去。

也不太想吃外食……這時候，便當就幫了大忙。

今天在搭乘新幹線前，我們也在新青森買了「扇貝釜飯」和「海鮮圓便當」。

據說是店家的人氣第一名和第二名。

二個便當都買得非常正確。

好了，接下來去見米糠桶吧。

離家一星期以上時，我會事先在米糠上面鋪鹽，但鹽若太多會太鹹，恢復原本的味道也要一段時間；若太少又會發霉，所以，該鋪多少鹽，相當難拿捏。

希望這次能順利！

三百六十五天　9月9日

百合根來到我們家，已經過了一年。

時間快得令人驚訝。

我的生活變得以百合根為中心，腦中的思考，有幾成也被百合根佔據。百合根的飯要怎麼辦呢？要怎麼治牠的抓癢習慣呢？我整天都想著百合根的事。

接著是百合根的好處，多得我馬上就能舉出一百個、甚至二百個，缺點卻一個也想不到。

我雖然會在心中偷罵企鵝，但對百合根則是永遠抱著純潔的心。

由於我們都是養狗的新手，也經常發生沒發現百合根受傷；原以為是為了百合根好，卻反過來讓牠受苦等情況，真的對牠很抱歉。

每一天，都能從百合根身上學習一些事物。

前些日子，電視上播了ＡＩＢＯ的特輯。

ＡＩＢＯ是索尼公司推出的狗型機器人。

原以為只是一時風潮，但其中其實有真心和ＡＩＢＯ建立關係的人。我看了節目，認為他們對待ＡＩＢＯ和真正的狗沒有差別。

經常和它對話，有時也會帶它去旅行。

它沒精神時，會擔心得不得了；它生病時，也會不眠不休地照顧。

對人類的小孩子也是這樣吧。

ＡＩＢＯ已經停止製造，即使故障了，也無法簡單修復。

若我沒有接百合根成為新家人，一定無法理解與ＡＩＢＯ一同生活的人的心情。

託百合根的福，我開始能夠瞭解各種人的心情，世界的確變得更寬廣了。

我看了ＡＩＢＯ的特輯，突然有個想法。

ＡＩＢＯ是為了陪伴人的機器人，不過我覺得，要是有一種陪伴狗的機器人就好了。

對許多狗來說，比起只養一隻，養二隻以上比較好。

不過因為各種原因，無法養二隻狗的人也不少。

這時候若有隻能當狗狗的玩伴，陪牠一起看家的機器狗在，應該很有幫助。

有沒有人願意開發陪伴狗的機器狗呢？

其實，原本接百合根來，是想讓牠當可洛的老婆，但盼望可洛和百合根生孩子，似乎很困難。

百合根並不是體力很好的狗，皮膚也很脆弱，經常上醫院。
考慮到這幾點，最後得出的結論，是不要勉強牠比較好。
因此，我們決定讓百合根下星期做避孕手術。
一想像時光流逝之快，十年也會一下子就過去了，便感覺有些悲傷。
那位企鵝光是想像與百合根離別，就一副淚眼汪汪的模樣了。
一位長年與AIBO生活的女性說，相處越久，愛也會逐漸加深。
的確，若只是個玩具，一開始玩得很勤，隨著時間經過便會漸漸失去興趣，愛也日趨淡薄。
但對狗並不會如此。想必AIBO也是一樣吧。
百合根剛來的時候，當作母親一樣依靠的玩偶咩咩，現在已成了枕頭的代替品，牠每天愛用中。
因為百合根沒有枕頭就睡不著，所以我們旅行時，也會帶著一顆小枕頭。

唔、唔唔、唔　9月17日

我感覺這種心情，似乎似曾相識啊！手動操控著記憶的絲線，回到了二〇一一年三月十一日。

看到海嘯襲捲而來，殘忍地捲走房子和汽車的影像，我對那種無力感，瞠目結舌。

腦袋和心空蕩蕩的，那叫作無感症嗎？是一種什麼都無法思考的狀況。

不過，那是自然發生的災害。

面對自然，無論盡了多少人事，總有難以抵擋的層面。

但，這次是人為的事件。

原以為那項法案，應該能在某個時機被阻擋，真是又空虛又丟臉。

「唔」是無力感的「唔」。寫成漢字，就是無、無無、無無無無無。

想當作是一場夢，但這卻是日本的現實。

因為身為總理，所以，違反憲法也無所謂，如果變成這樣，那社會一定會一片混亂。

這就叫「獨裁政治」。

原是為了防止這種事態才制定憲法，現在卻本末倒置。

所謂的政治家，應是國民的代表，本不該與民意站在對立的立場。

希望首相身邊那些停止思考的人們，能夠再一次，以一個人的身分、以一位母親的身分，再更單純地思考一次。

不能提升消費稅的稅率，便向國民興師問罪、舉辦不知所云的選舉，這次則是完全無視國民的聲音，對憲法學家和政治家前輩的反對意見閉目塞聽。

將贊同自己意見的追隨者攬為自己人，稍微有些批判，便歇斯底里地反擊。若認為自己的意見那麼正確，趁此時此刻，來一場正正當當的選舉不是更好？

以瞧不起人的態度，蔑視示威抗議群眾的執政黨政治家，真令人唾棄。

一想到這樣的事，未來也會以踐踏憲法的形式接連發生，不禁感到背脊發涼。

口口聲聲說著該如何如何應付少子化，但我感覺，這個社會並無法讓人安心地生孩子。

總而言之，顛覆無論是誰都必須遵守該遵守的規則這項大前提，是絕對禁止的。

今天，就在想著「感覺好糟糕啊」之中，結束了一天。

今天一整天都在下雨，百合根因為做了避孕手術沒有精神，雖然集結了各種令人低落的因素，但我還不能放棄。

企鵝前幾天和附近的肉店老闆，一起去國會前示威抗議了。

他說明天也要去。

我也想做自己能力所及的事，採取行動，以免留下遺憾。

畢竟示威抗議也不只在國會前，全國各地都有人發起。

希望政府能夠傾聽多數國民的聲音。

第一隻蜻蜓　9月23日

我正在看書，猛一抬頭，發現有蜻蜓飛過。

不是一隻，而是大量成群地飛舞。

洗的衣服全乾，舒服睡個午覺，也很適合讀書，這次的五連休太棒了。

倘若每年秋天都有這樣的假期，大家都能消除夏天的疲勞吧。

我的身邊，正洋溢著如新年般的氣息。

做完避孕手術後一星期，百合根終於恢復了精神。

剛做完手術時，我擔心牠會不會怎麼樣，擔心得不得了。

牠變得完全不相信人，也不離開自己的帳篷。

完全不和我及企鵝對視，表情充滿了絕望感。
身體當然也很不舒服，更糟糕的，是精神上受到相當大的打擊。
想帶牠去散步，牠也不肯走，馬上便坐在地上不動。
像是變了另一隻狗，說實話，我甚至想過做避孕手術是不是錯了。
直到現在，我仍不知道什麼才是自然。
取出子宮和卵巢，的確能減少這些器官生病的風險。
這麼一來，也就一定能長壽。
從人類的角度來看，也可以說變得更好養了。
但是，從狗的角度來看，又是怎麼樣呢？
懵懵懂懂被放上手術台，打了全身麻醉，肚子還被切開。
將人套用到同樣的情況中，就能想像了。
什麼才是對的，我真的不知道。
對百合根來說，怎麼做才是幸福呢？

我想帶百合根去散步，牠不願走；但有小狗來，卻又突然有了精神，興奮地跑跳起來。就像原本為一的情緒，突然急升到一百的感覺。

因此在連假時，我讓牠和蠶豆或可洛見面，慢慢恢復精神。

若能回到以前的百合根，我就放心了。

我清楚明白了手術對肉體和精神，都會帶來巨大衝擊。

手術後，也不太能讓百合根留下來看家，因此連假時我便窩在家，看電影《教父》。

一、二、三部加起來，共有九個小時。

即使一天看一部，中途若不喝杯咖啡休息一下，也撐不下去。

登場的演員，每位都是鼻梁高挺的立體五官，看得我分不清楚誰是誰。

企鵝雖然已經看過好幾次了，這次也在最後一幕流下眼淚。

他言道：「這滴淚只有男人才懂。」

或許的確是如此。

白井聰先生的書中，介紹了甘地的名言：

「你所做的大部分事情都沒有意義，但卻不得不做。做這些事，不是為了改變世界，而是為了讓自己不隨著世界輕易改變。」

安保法案雖然通過了，但我們該做的事還有很多。

我能深切感受到一張票的重量，至今從未參與過選舉的人，應該也變得願意去投票了吧？

總而言之，最重要的，是別忘了這份不甘的心情。

彼岸花開得正美麗。

比起紅色，我更喜歡奶油色的彼岸花。

關掉電燈　9月28日

週末，我去松本住了一晚。
為了參加在木工設計師三谷龍二先生的展覽館，所開設的料理教室。
教我們料理的老師，是在廣島經營間中居的橫田好佳女士。
很久以前便久仰大名，一直想來吃她做的料理。

料理課結束後，舉行了晚餐會。
我們在點著燈的昏暗餐桌上，一道道仔細地品嚐用心製作的料理。
好佳女士所做的料理，宛如拜倒在自然之神身下，充滿了對食物本身的慈愛。

她不考慮自己，而是以對方（食材）心情為優先，不厭其煩花費心血和時間所製作的料理，讓我的心靈感到十分平靜。

將牛奶以小火連續不斷地煮三小時，中途不停攪拌所製成的「醍醐味」，正如同好佳女士的意念，是款待之心的結晶。

吃飽後，我再次回想晚餐會，與其說是品嚐了料理，不如說是體驗了一段奢華的時光，充滿了不可思議的感覺。

所謂的料理，或許並非享受食用的過程，而是料理與料理的「間隙」。

而且，我深刻感覺到，平常自己可能真的吃太多了。

若願意花時間慢慢品嚐菜餚，即使量不多，也會十分滿足。

我實際感受到，這麼做對身體更舒服快活。

仔細咀嚼，食材的滋味會在口中擴散開來，也能產生飽足感。

好佳女士的生活方式令我嚮往，好想成為她那樣的人啊。

話說回來，松本真是個很棒的地方。

以前去松本，是替《家譜》一書取材時。那時正值冬天。

我每次都覺得，很喜歡從坐落於女鳥羽川上的一橋，望出去的景色。

悠悠流過草叢間的女羽鳥川，以及前方連綿的山群，不論看幾次，都令人心曠神怡。

河川就該是這樣，讓我這麼想的理想河川，就是女鳥羽川。

而且，架在這條河上的橋，如幸橋和太鼓橋，每座橋都有個美麗的名字。

河川沿岸，還保留著許多古色古香的建築物，光是走在其中，心情都能感到平靜。

不過大也不過小的城鎮規模，或許也是讓人們感到安穩的原因。

因為經過輕井澤回到東京，於是晚餐又買了釜飯。

真的很好吃。

我現在才發現，這種吃不膩的感覺，應該說釜飯整體的滋味，跟崎陽軒的燒賣便當有異曲同工之妙。

兩者都有竹筍、香菇、杏桃等同樣的食材，是不管吃幾次，都會想再吃的便當。

吃飽後，我關了電燈賞月。

昨夜的明月，只有美麗絕倫一句話。

從雲間時而露臉，時而隱藏，簡直就像在雲上划竹筏而過。

透過雲朵看見的滿月，也極具風情，十分神祕的。

因為沒有準備芒草和糰子，我便緊急將百合根漢堡排盛盤後供奉。

一面賞月，一面做瑜珈，實在太棒了。

今晚則是十六夜（註）。

據說今晚能看見今年最大的超級月亮（Supermoon）。

不過，超級月亮這個說法，總覺得少了些情感。

翻譯成日文，似乎是超月。

今晚吃燉煮芋頭。

吃飽後，關上燈，盡情享受秋日的漫漫長夜吧。

註：農曆十六日的夜晚。

來自拉脫維亞　10月8日

籃子送來了。

我引——頸期盼的籃子。

千里迢迢地搭著船來了。

將柳樹樹皮割成細絲編織而成的籃子，堅固，且輕盈。

這是拉脫維亞一位人類國寶級大叔所編的籃子。

我拜訪了他的工作室，從眾多籃子中挑選了一個。

同樣造型的小籃子，可以當成隨身行李帶回國，但大的籃子還是得用船運。

我一直在尋找洗衣籃。

這個籃子因為容量大，能夠裝很多衣服。

籃子送來時，我已經做好企鵝一定會生氣的覺悟（妳到底要蒐集多少籃子才甘心啊！），但他意外地沒有追究，讓我鬆了口氣。

我已經在洗衣機上，保留了一個剛剛好的位子。

這樣一來，我家的洗衣籃問題，也終於解決了。

百合根馬上就鑽進籃子裡休息。

偶爾這麼使用，好像也不錯。

同一時間，我的連指手套也送到了。

這是我特別訂製，請人編織的特製連指手套。

信奉多神教的拉脫維亞，以各種簡約形狀的紋樣，來代表各式各樣的神明，這些紋樣，會在衣物、器具，乃至食物等各種場面登場。每個人都各自有自己的守護神，這位守護神一輩子都不會改變。他們有個決定守護神的儀式，我的守護神，則是雷神。

雷神以卍字紋樣表示。

我請人使用明亮的暖色系顏色，配合我的手掌大小，編織了雷神紋樣的連指手套。

我想平常應該用不到。

在拉脫維亞，連指手套除了是實用的禦寒用品，男士還會在特別的日子裡，將它當作服飾配件，夾在皮帶間使用。

這雙連指手套，對我來說是如此特別。

就像是護身符般的存在。

究竟是什麼樣的人為我編織的呢？
手指的地方，紋樣也漂亮地連接起來。
編連指手套時，這是最困難的地方。
據說在拉脫維亞出生長大的女性，每個人都會織連指手套。
我改天也想織織看。

企鵝從今天起，又要去大學上推廣課程。
他說，這次要針對納粹德國的歷史，邊看電影邊學習。

拉脫維亞也在第二次世界大戰中，因大屠殺而受到很大的傷害。
之後長時間遭蘇聯佔領，歷經慘痛的時代。
唱自己民族的歌、跳自己民族的舞、穿民族服飾，全都被禁止。

其中，只有連指手套沒有受到限制。

因此，連指手套就宛如拉脫維亞人的靈魂與驕傲。

今天一整天，都吹著拉脫維亞的風。

葡萄乾奶油　10月16日

記得小時候，每週一、二次，附近會開來一輛行動販賣車。
每當那輛卡車一來，奶奶便會迅速拿起串珠錢包，跑出門外。
而我，便追在她的身後。
奶奶買的，一定是葡萄乾奶油和味噌花生醬。

葡萄乾奶油，經常當作零食吃。
味噌花生醬，則是會放在熱騰騰的飯上。
現在若端上一碗味噌花生醬白飯，我可能會有點抗拒，但小時候卻是我最愛的食物。

味噌入口即化的口感，和花生的酥脆感，令我難以招架。
二種都是以前常備於冰箱的固定食材，最近卻都找不到了。

想起這件事後，我便開始尋找美味奶油。
雖然我認為歐洲製的奶油，絕對所向無敵，但日本製的奶油也毫不遜色。
使用佐渡的食材，以手工精心製作的冠名奶油「佐渡奶油」，滋味十分清爽，讓人一口接一口。
我雖然體認到它是多麼危險的食物，但一不小心，又好想抹大量奶油在麵包上吃。

不過，最美味又奢侈的吃法，是將奶油當作主角。
因此，我試著做了葡萄乾奶油。
作法是在軟化的奶油中，加入事先浸漬於蘭姆酒的葡萄乾拌勻，接著整理成圓柱形，放入冰箱內冷藏，非常簡單。

這真是絕佳美味。

祕訣是放很多的葡萄乾。

奶油的量，是能黏起葡萄乾的程度最剛好。

雖然不同奶油的滋味各異，不過稍微加點鹽，就成了大人的下酒菜。

搭配葡萄酒也很對味，當作小酌後的甜點也很棒。

今天的晚餐是炸牡蠣。

本季第一次吃。

茶壺也套上了毛衣，準備過冬。

明天來做葡萄乾奶油夾心餅吧。

柿子　10月18日

星期天的午後，百合根躺在窗邊的羽毛被上午睡。

雖然那是企鵝的羽絨被，但牠一副那是自己東西的態度，在棉被最蓬鬆柔軟的位子，大方伸展著手腳。

沒有比那更幸福的表情了。

光是看著牠，我的心情也變得很好。

牠的睡臉彷彿在說，沒有什麼事好煩惱，現在是最幸福的時刻。

不僅如此，百合根躺在最高級的羽絨被上午睡，同時還作著美夢。

嘴巴咀嚼似地咬動，大概在夢中吃了什麼美食。

多麼幸福的狗呀。

會把棉被拿到窗戶邊，是因為昨晚百合根在棉被上小解了。

昨天，牠在企鵝剛從洗衣店拿回來的羽絨被上，不小心失誤了。

雖然一百次中九十九次會好好上在紙尿墊上，但還是有失誤的時候。

昨天牠洗完澡，身體濕漉漉的，興奮起來，又跑又跳，才會一不小心搞錯地方。

好不容易裝好了被單，又得拆掉重洗。

明天要打電話給洗衣店，請他們再重新清洗前幾天才剛送回來的羽絨被。

哎呀呀呀。

不過，牠帶著一臉能讓人類的不滿煙消雲散的陶醉表情睡得正香，嗯，就算了吧。

自從和狗一起生活後，我也變得有耐性了。

對於罵了也沒用的對象，生氣也解決不了事情。

昨天，我出生以來第一次挑戰做葡萄乾奶油夾心餅。

我一直很想做做看。

回想起來，我從小就很喜歡葡萄乾奶油夾心餅。

長大以後，一直希望自己能學會一道擅長的甜點。

今年夏天，我住在新雪谷時，附近飯店的小商店內，有賣六花亭的葡萄乾夾心餅。

每天都能吃到最喜歡的甜點，真是幸福。

如果自己也能做出那份滋味的話，那就太棒了。

我第一次做的葡萄乾奶油夾心餅，外表慘不忍睹。

因為我在完全冷卻前就碰了餅乾，結果餅乾碎裂了。

不過，味道方面，倒是達到不錯的水準。

說實話，跟六花亭的味道非常接近。

企鵝也連連稱讚。

不過，身為製作的人，我還是遠遠不滿意。

必須反覆練習又練習，切磋琢磨技術，直到能送出手當禮物為止。

雖然味道還可以，但現在的樣子，怎麼說都無法送人。

因此，這一陣子，點心都是葡萄乾奶油夾心餅了。

企鵝馬上發表意見，要我再做得小一點。

傍晚，我去散步順道購物。

買了明年用的行事曆。

封面的圖案是牛奶瓶。

我已經好長一段時間，承蒙這一系列照顧了。

能夠輕鬆地一眼看盡一個月的預定，是我購買的最大原因。
今天的晚餐是香菇羹燴炸竹輪。
我不經意看到四種香菇的組合包，忽然靈光一閃。
這樣就能做出一桌豐盛的菜餚了。
企鵝也很滿意地要我再做。
香菇羹燴炸竹輪，比葡萄乾奶油夾心餅更受歡迎。
今天讀了書、散了步，是度過星期天的正確方式。
甜點是附近買的柿子。
每週二、四、六，早上十點起，會放置在無人商店的置物櫃中。
柿子很小顆，口感清脆，有顆大種子，甜度不高。
柿子上了市，感覺秋意越來越濃了。

與讀書之秋　10月31日

很久以前買了，卻一直沒有機會看的書《逃，生：從創傷中自我救贖》（*Sauve-toi, la vie t'appelle*），終於開始讀了。

作者鮑赫斯・西呂尼克（Boris Cyrulnik），是一九三七年出生於法國波爾多的波蘭系猶太人，五歲時，因法國維希政權進行的猶太人殲滅行動，失去了雙親。

西呂尼克也在隔年，年僅六歲便遭法國警察逮捕。

他差點被送往集中營，幸好在千鈞一髮之際成功脫逃，保住了一命。之後他勤學苦讀，成了精神科醫師。

西呂尼克在書中寫道：

「憎恨，使人永遠禁錮於過去。為了脫離憎恨，瞭解比原諒更有用。」

西呂尼克非常仔細地分析自己的記憶。

結果發現，他會將發生過的真實事件，自行加油添醋，轉化為對自己而言，能輕鬆接受的回憶。

將痛苦的事情痛苦地記憶著，反而會成為心理陰影，讓當事人更難受。

因此，西呂尼克少年在無意識中改變了記憶，認為人都是善良的，在人類身上找到了希望。

將原本的事實概括承受，恐怕實在太過殘酷。

憎恨這項行為會侵蝕自己的心，最後也不會為自己的人生帶來加分效果。

話雖如此，也不需努力原諒。

說遺忘，也不對。

瞭解對方的行為，才能拯救自己受傷的靈魂，的確如此，我十分同意。

我想這種思維，一定能應用於各種不同的層面。

附近的柿子無人商店，幾天前關閉了。

沒辦法，只好買其他柿子來做柿子拌豆腐。

今晚有客人光臨。

食欲之秋也過得很順利。

我打算將從山形調貨來的原木香菇，搭配醃漬的盛開菊花。

葡萄乾奶油夾心餅已經進入第二季，相當接近我理想中的外形了。

肉乾！！！　11月8日

慘跌。

除此之外無以形容的華麗摔跤。

這是我帶百合根去散步時發生的事。

照例回到玄關前，一如往常，百合根還不想回家時，就會趴在地上不動。

沒辦法，只好再讓牠消耗一些能量，「預備——，跑」。

我們經常去集合住宅的停車場慢跑。

但是，那天百合根跑著跑著，速度漸漸加快，我也認真跑，不輸給百合根。

結果，百合根的速度也越來越快。

而且牠竟然往我的腳下鑽著跑。

啊，這樣下去會踩到百合根。

才剛想完沒幾秒，地面急速出現在我眼前。

我在柏油地面上，完全趴成一個大字型。

就像打棒球時滑壘般的姿勢。

好痛，雖然我這麼想，但更傷腦筋的，是牽繩脫離了我的手。

百合根在我好幾公尺前。

鞋子掉了一隻，掉在我身後幾公尺處。

上次跌得這麼誇張，是多久以前呢？

想和狗賽跑的我，真是太蠢了。

不過，雖然這不是什麼值得驕傲的事，就算我對百合根喊「過來！」，牠也從沒過來過。

即便我喊「百合根！」牠也會裝作沒聽到。

到底是怎麼回事呢？可洛也一樣。

難道是來我家之後，狗都會變得傻呼呼的嗎？

百合根明明還有上幼稚園，卻連回應這項基本中的基本都有問題。

雖然我也在家拚命教牠，卻沒有效果。

話雖如此，百合還是有幾個聽得懂的單字。

其中之一，就是「肉乾」。

住在新雪谷時，我餵了蝦夷鹿的肉乾給牠當點心，牠非常喜歡，認為「好吃的東西」全都叫作「肉乾」。

只要我一喊「肉乾」，牠就會迅速地飛奔而來，說來真難為情，但我會用「肉乾」來代替「過來！」

因此，由於我慘跌一跤，又鬆開了牽繩，只能這麼叫牠過來。
我勉強撐起疼痛的身體，不急不徐，冷靜地從丹田深處發出聲音。
「肉乾！！！」
牠記得肉乾這個詞，真是謝天謝地。
百合根沒有受傷，我由衷鬆了口氣。
絕對不能再跟百合根賽跑了。
我已經不年輕了。
話說回來，自從夏天看了世界田徑錦標賽後，我一直有個疑問，若雙方都使盡全力，百合根和閃電波特，誰跑得比較快呢？
我一定輸給百合根，不過閃電波特的話，會不會跑得比百合根快呢？
對了，除了「肉乾」以外，百合根還記得一個單字。

「可洛！」只要我一喊，牠就會以為可洛是不是來了，眼睛馬上變成愛心形狀，開心地蹦蹦跳跳。

但牠知道我騙牠後，失望的模樣實在太可憐了，所以，這個詞不太能用。

因此，發生任何緊急狀況時，必須厚著臉皮，毫不猶豫地大聲喊「肉乾！！！」

怎麼會變成這樣呢？

《星期二的洋裝》　11月14日

出版了，出版了。

我負責翻譯的繪本《星期二的洋裝》（暫譯）出版了。

這是在美國出版的繪本，原書名為《*I HAD A FAVORITE DRESS*》。

原作者波妮女士，為了擁有許多心愛洋裝的女兒莉莉，寫了這本繪本。

主人翁是位喜歡打扮的可愛女孩。

但是有一天，她卻穿不下喜歡的洋裝了。

當她傷心難過時，媽媽靈機一動，接連將洋裝改造成別的東西。

關鍵字是「逆向思考」。

原書中寫道：

Don't make mountains out of molehills.
Make molehills out of mountains.

我非常明白女孩的心情。
明明有件非常喜愛的衣服，卻因為自己長大了而穿不下，真的會很難過。
但是，主人翁的媽媽，並沒有直接丟棄那件洋裝，而是運用了智慧，將它做成別的物品。
那些物品，女孩也非常喜歡。

茱莉亞女士的插圖也非常優美，是本相當可愛的繪本。
請各位務必閱讀看看！

能參與這份工作，真的非——常幸福。

但有一件事，讓我想不透。

這本繪本也一樣，前幾天觀賞的試映電影《小王子》也一樣，兩者「父親」的存在都相當稀薄。

《星期二的洋裝》完全沒有提到父親，《小王子》則是設定離了婚的母親與女兒獨自生活，幾乎沒有寫到關於父親的消息。

該不會在遙遠的未來的未來，父親這個身分會消失不見吧。

先不論這件事是好是壞，若環境允許母親能負擔經濟、獨力養育孩子，那麼，家中沒有父親存在也沒問題。

聽起來，就好似盡了播種的責任後，接下來便由母親負責養育孩子的動物一般。

對男人而言似乎有點可憐，但我總有這種感覺。

順帶一提，我有幸為《小王子》的電影院用簡介手冊撰寫文章。至今為止，我已經不知道看了幾遍《小王子》。若只能帶一本書去無人島，我一定毫不猶豫地選擇《小王子》。不論讀幾次都會有新發現，越讀越覺得奇妙。

現在，我對玫瑰花的複雜心思充滿興趣。她無法坦率地說喜歡小王子，故意口出惡言，出難題刁難他。她那可憐兮兮的模樣，真是太可愛了。玫瑰花自尊心高，卻也懂得撒嬌，雖然把小王子耍得團團轉，但其實她用情至深，打從心底愛著小王子。

電影版《小王子》，是小王子長大後的故事。電影也非常棒，希望有更多的大人小孩都來看。

葡萄乾奶油夾心餅，差不多是完成了。祕訣是將餅乾的麵團擀薄後再烤。還有夾滿滿的葡萄乾奶油。餅乾和奶油都是有空時，分別預先做好的。因為保存期限長，正好適合做來當作禮物。

《這樣就很幸福了》 11月19日

新書出版了！
這本書不同於一般小說，它集結了我的生活大小事。
是本描述我在每日生活中，所重視的物品、人、時間的書。

書名是《這樣就很幸福了》。
封面也稍微拍到了百合根。
請各位一定要去書店找來看唷！

過了四十歲後，就會以減法來思考人生。

從前都是以加法思考，這個也想要，那個也想要，那裡也想去，滿足欲望成了人生的喜悅。

不過，回過神來，不論有形無形，我連自己不需要的東西都懷抱在手中、背負在身上。結果，只是為自己帶來痛苦。

所以，只斟酌、留下真正需要的東西，不需要的東西就乾脆地放手。

我隨時提醒自己要這樣過生活。

因此，我將在本書中，介紹我希望留在身邊，一輩子珍視對待的事物。

我理想的生活方式，是遊牧民族。

只帶著日常生活中需要的行囊，如旅行般的過生活。

為此，我認為知足，也非常重要。

若不適時讓想要更多、更多的欲望告一段落，反而會讓自己陷入痛苦。

因此，自己預先劃分好「這樣就滿足了」的界線，就會變得相當輕鬆。

接下來，瞭解自己喜歡什麼、討厭什麼，也很重要。明白這一點，便能愉快地蒐集身邊的物品，開心地生活。

對我來說，我不需要自家汽車，也不需要手機。沒有這些東西，讓我感到一身輕。需求的標準可以因人而異，若我的生活方式，能成為一點生活的線索，那就太好了。

到了這個季節，對我而言最不需要的東西第一名，就是月曆。

為什麼大家這麼喜歡印月曆來發呢？

自己挑選自己喜歡設計風格的月曆，我還能理解。

但是，從各方收到眾多的月曆，我也無處可用。特別是收到醒目地印著我不怎麼喜歡的照片的月曆，真的很傷腦筋。

總覺得製作不必要的東西，作了也沒意義呀。

難道別人家都放了那麼多的月曆嗎？

這種時候，如果是面對面收受，我還能禮貌地拒絕，但以郵寄、擅自投入郵箱的方式送來，我就沒轍了。

區區月曆會不會太誇張了呢？或許有人會這麼想。但不需要的東西就是不需要，不要帶入家中，制定這樣的規則，多餘的東西應該能大幅減少。日本人的家大部分都很窄，卻塞滿了東西。

接下來隨著年紀增長，我希望能減少更多的持有物。

最後一刻，在真正有感情的鍾愛物品、心愛的人的包圍下，結束人生。

紀念照　11月30日

週末，我們去了照相館。

拍攝的主角是可洛和百合根。

包含各自的家人（人狗都算），總共四人與四犬一起拍攝。

在照相館拍照的次數，幾乎一隻手都數得出來。

上一次是姊姊結婚典禮時，順勢拍了和企鵝的雙人照；在此之前，則是奶奶還在世的時候，大約三十年以前。

現在是在家也能簡單拍出照片的時代，但正因如此，既然難得要拍，便決定到照相館拍。

這樣也能留在記憶之中。

原本我們打算接百合根來當可洛的老婆，替我們生兩隻寶寶。

但是，牠們二隻雖然感情很好，做為雌雄伴侶的契合度卻很一般，百合根身體也沒那麼強健，所以，今年秋天，我帶百合根去做了避孕手術。

之後，百合根變成非常嚴重的過敏體質，果然放棄二隻寶寶是正確選擇。

不過，難得兩家有緣，便決定要做些什麼事情來紀念。

名義上，是可洛和百合根的結婚典禮。

可洛的老家，有身為飼主的老師、她的千金、可洛的姊姊（玩具貴賓）和哥哥（博美）出席。

換句話說，對百合根而言，是在婆婆和小姑們的包圍下拍攝。

附近偶然有一家養了狗，也能替狗拍照的照相館，我們便拜託了這家的攝影師。

但是，我自己也拍過，所以知道要拍狗的照片相當困難。因此，先不管人類，我想，要讓四隻狗的目光好好地看著攝影機拍，應該很辛苦吧。

不過真厲害啊，不愧是專業的照相館。

攝影機那頭站著三個人，有人搖鈴、有人吹笛子，想方設法吸引狗狗們的注意。

接著在狗狗們露出最佳表情的時候，啪嚓、啪嚓。

他們非常瞭解狗狗聽到什麼樣的聲音會開心。

不同於早期，現在都使用數位相機，可以當場確認照片。

總覺得拍得很棒。

原本只打算拍四人加四犬的團體照，但因機會難得，也拍了我和企鵝、可洛、百合根的照片。

我抱著可洛，企鵝抱著百合根。

我在家中拍的時候也是這樣，這種時候，可洛會完美地看攝影機，露出如同昭和時代的明星表情。

相較之下，百合根則是發著呆，最後老是一臉不耐煩。

真是，百合根馬上就厭煩這一點，到底像誰呀。

接下來，我們直接移動到附近的咖啡店，一起喝下午茶。

晚上，我們將狗狗們各自放回家中後，老師、企鵝和我，三人一起享用了台灣料理。

充滿了狗狗、轉眼便結束的一天。

不過，我們因狗而結緣，變得如此親近，真的很開心。

多虧了可洛及百合根，我感覺我的世界一下子變得相當寬廣。

雖然可洛下個月也要做結紮手術了，但可洛來當我們家女婿的這層關係，希望以後也會持續下去。

為了今天特別準備了同樣的蝴蝶領結，很適合牠們。

偶爾盛裝打扮去照相館，也很不錯呢！

拉脫維亞的晚宴　12月6日

約莫半年前，我造訪了拉脫維亞。
當時正好剛過夏至慶典，陽光燦爛地照耀著城鎮與人民。
現在，景色想必變得與當時截然不同得令人訝異吧。
雖然非──常冷，但我希望有一天，也能造訪冬季的拉脫維亞。

回想起在拉脫維亞度過的時光，至今仍十分陶醉。
從那之後，我就像著迷一樣，不斷地想著拉脫維亞。
為什麼去拉脫維亞呢，是為了編織故事。
因為那次取材，才有機會拜訪。

現在回想起來，真是命運的相遇。

一同成行的人是插畫家平澤麻里子小姐和編輯森下小姐。

對我而言，那真是一段極為奢華、如夢似幻的時光。

當時的旅行隨筆，都刊登在最新一期的《MOE》雜誌上。

接著明年開始，將隔月連載以拉脫維亞為背景的故事。

插畫為平澤麻里子小姐所繪。

能與最喜歡的插畫家共事，真的很幸運。

於是，我和一同去拉脫維亞的成員，為了慶祝故事開始，策劃了拉脫維亞的晚宴。

點的燈，是在拉脫維亞收到的蠟燭。

另外，也做了感覺有拉脫維亞風格的料理。

其實原本想做黑麥麵包的，但因為食譜尚未完成，這次便先烤鄉村麵包。

麵糰裡放了核桃、葡萄乾和無花果乾。

前菜是藍起司、蘋果和核桃。

湯品是加了斯佩耳特小麥、大麥、小扁豆和切碎鷹嘴豆的麥與豆熱湯。

接下來，是焗烤菠菜牡蠣。

接下來，是馬鈴薯餃子。

主菜是以低溫慢火烘烤，再以餘溫烤熟的鹽烤豬五花。

配菜是涼拌捲心菜沙拉。

甜點是麻里子小姐帶來的伴手禮，「Au Bon Vieux Temps」甜點店的蛋糕。

因為我一直很想寫一本有大量插畫的書，這次承蒙邀約時，真的高興得差點跳起來。會是一本什麼樣的書呢，我現在就已經期待得不得了。若讀者能透過我的隨筆，接觸拉脫維亞的世界，我也很開心。明年開始的連載故事，也請大家務必一讀。

故事的標題是〈連・指・手・套〉。

連指手套是拉脫維亞自古流傳至今的手套，對拉脫維亞人而言，是非常重要的物品。

蘇聯佔領的時代，他們被禁止唱跳自己的歌舞，甚至不得穿著民族服飾，只有連指手套沒有遭到禁止。

換句話說，連指手套是拉脫維亞人的驕傲，等同於他們的靈魂。

連指手套除了能當作寒冷時的禦寒用品，男士也會夾在皮帶間當作裝飾，使用方式豐富多樣。

那是一篇圍繞著連指手套的故事。

話說回來，我現在深刻地體會到馬的心情。

背上坐著名為森下的編輯，颯爽地奔馳在草原上，這就是我的感覺。

馬不能自行決定前進的道路。

沒有人駕馭，隨心所欲地跑，只會橫衝直撞而失序崩壞。或許偶爾會出現能靠自己奔馳的馬，但我還是需要能從不同於自己的觀點，提出恰當指示的編輯。

雙方的步調配合好後，心情會非常非常舒暢，想跑得更加更加遙遠。

我希望讓坐在背上、握著韁繩的人，看見更多更多的美景。

抱著唯一的心願，馬一個勁兒的奔馳。

而單只有馬（作家）、單只有人（編輯）都到不了的地方，彼此同心協力，似乎就一定能到達。

一點也不痛苦。

我想，作家和編輯的關係，想必就如同於此吧？

雙方同心協力，或許就能超越一己之力。

透過這次的作品，我深刻地感受到身為馬的喜悅。

一星期　12月10日

上個星期四的凌晨，S女士過世了。

對我來說，她非常照顧我，無論再多感謝都不足以表達。

我如此受她眷顧，最近卻很少和她見面。

她以前也經常來我家吃飯。

從東京的一頭跑到另一頭，總是待到深夜時分，再搭計程車回家。

我成了作家這件事，她由衷為我加油。

她總是笑嘻嘻的，不論對誰，都以一視同仁的態度對待。

她的人脈非常廣，宛如哆啦A夢的口袋一般，很擅長為人與人牽線。

這幾年，她頻繁地飛往國外。

也因此，蒙她照顧的人非常多。

不過，或許是累壞了身體吧。

再過不久就五十歲了，真令人惋惜。

知道她過世時，坦白說，我沒有什麼真實感。

但隨著時間流逝，我想起了S女士對我說過的話，想到再也見不到她，便悲從中來，眼淚瞬間落個不停。

S女士在一週前逝世，接著經過守夜、葬禮，S女士的遺骨也已安葬。

她頭腦非常好，身上攬著許多辛苦的工作，不過，也有一些冒冒失失的地方。

我一直站在稍遠的地方，靜靜地看著她的生存方式。

她是不是急著結束生命呢？

「人啊，其實很容易就會死掉呢。」我的眼前，浮現了S女士半開玩笑說著這句話的身影。

最驚訝的人，應該是S女士本人吧。

人的命運，真的很難捉摸。

無論多麼危險的情況，有人得到救援，有人卻輕易失去了性命。

因為發生了這件事，昨天上午，電話在相當早的時間響起時，我反射性地認為是不好的消息，內心警戒起來。

不過並非如此。

我長年每個月捐助的緬甸女孩，幾天前結婚了。

她現在十七歲。

雖然我們沒有見過面，不過一有時間，便會寫信給對方。
因為她已結婚，所以，不再需要我的資助了。
我每個月寄錢給她，寄了共計七年。
雖然我不知道我對她的人生有多少貢獻，但她能順利遇見人生的伴侶，真是好事一樁。
就結果而言，她寫給我的最後一封信，是送我的生日卡。
我總感覺自己一直在和一位小女孩相處，但她也已經長大成人了。
下個月開始，我再繼續捐助別的女孩。
一星期，原來這麼漫長啊。
S女士現在，是不是在天堂吃著鰻魚飯呢？

冰箱菜燉湯　12月17日

今年也收到了「生鮮禮物」。

雖然我已經委婉地拒絕說不用送我們家了，住在伊勢的親戚，還是送來了龍蝦和蠑螺。

啊……蠑螺倒是還好，但龍蝦啊。

既然是生鮮禮物，當然是活生生的了。

無論是豬、是牛、是雞，生命的重量固然相等，但要用菜刀猛力切開活生生的龍蝦，心情實在很難受。

因為龍蝦有一股肉類和魚類都沒有的神奇魄力啊。

去年和前年，我因此吃了不少苦頭。

偏偏這時候，企鵝完全派不上用場。

不僅會扯我後腿，還嚇得不停哎哎叫，所以，下刀的還是我。

但我已經不想再將刀子插入龍蝦了。

話雖如此，也不能再將牠放回海中，就這樣當作寵物養在我家也很不實際，還是只能吃掉牠。

因此，今年便將牠整隻清蒸。

這麼一來，不用菜刀就能解決了。

打開箱子，龍蝦馬上叫了起來。

嘰咿嘰咿、嘰咿嘰咿地叫著。

裡頭放著二隻壯碩的龍蝦。

龍蝦以一股要跳出箱子外的氣勢，拱著背橫衝直撞。

我戴上手套，直接將牠們移到蒸鍋中。

若是不按著鍋蓋，牠們彷彿就要跳出鍋外，我便請企鵝來幫忙。

隨著鍋內的溫度逐漸升高，龍蝦更加暴動。

牠們想要推開鍋蓋跳出來。

企鵝嘴裡說著好可怕、好可怕，死命地按住鍋蓋。

如果大約在小學時期，在學校上了烹調活龍蝦的課程，學生們一定不會再浪費食物了。

蒸鍋中的二隻龍蝦，身體（殼）變得通紅，應該已經成佛了吧？雖然這麼想，但身體似乎還在動。

簡直像是垂死掙扎。

蒸鍋的蓋子是透明的，真是幫了大忙。

對不起呀，對不起呀，我在心裡不斷地向龍蝦先生們道歉。

若煮太熟也會不好吃，等牠們靜止不動後，我馬上關了火。

以餘溫稍微蒸一會兒後，切開蝦殼，取出蝦肉。

蝦頭內冒出大量濃郁的蝦膏，我將蝦膏和醬油拌勻，淋在蝦肉上享用。

真好吃。

這是目前所有烹調方式中，最美味的了。

用這種方法，不但不必使用菜刀，也不會浪費食材。

什麼嘛——，要是以前也這麼吃就好了。

所以，若明年也能收到龍蝦，就太開心了。

今天，我用龍蝦殼熬成高湯，煮了鍋湯。

先將蝦殼放入水中小火慢煮，等到煮出蝦子的風味後，將殼撈出丟掉，放入蔬菜。

這次我用了冰箱中剩的青蔥、白蘿蔔，以及馬鈴薯。
待蔬菜煮軟後關火，攪拌均勻。
最後加點奶油、鹽和白味噌調味，就完成了。
這就是名副其實的冰箱菜燉湯。
龍蝦能從殼熬出極為美味的高湯，要是不煮湯就太浪費了。
煮成了一碗絕佳美味的好湯。
龍蝦和蔬菜都不浪費，心情也很好。
蠑螺則是煮成了蠑螺飯，這也非常好吃。

處理柚子 12月25日

才剛覺得過了冬至，已經是聖誕節了。
今年因為最喜歡的烤點心店休產假，吃不到每年慣例的德式聖誕麵包。
以往總是一面將德式聖誕麵包切成薄片，一面期待聖誕節到來，沒有了德式聖誕麵包，聖誕節的氣氛也變得稀薄了。

今天是藍天聖誕節。
昨天帶百合根去附近散步，看見梅花已經含苞待放了。
圓滾滾的，很像女兒節米果，比起花，我好像更喜歡梅花的花苞。

到了這個季節，就會從各方收到柚子。
附近也有鄰居會摘下庭院的柚子送給我，一不留神，就帶了柚子回家。
將每次吃完後的皮，用浸溼的手帕包起來，裝入塑膠袋中保存，不論過多久皮都會很有彈性，可以保存很久。
如果不先用浸溼的手帕包起來，直接包上保鮮膜，皮會從切口處腐壞，很快就變得皺巴巴。

以前，我曾經做過大量泡柚子茶用的柚子醬。
不過現在家裡還剩許多各種不同的果醬，所以，不需再做。
我煩惱了很久該怎麼處理這麼多的柚子，突然遇見一位用劃時代方法處理柚子的人。
他將柚子切成兩半，取出種子，接著直接將柚子放入淡糖水中，以小火煮熟。

我馬上仿效他的作法。

柚子的種子，總是多得令我訝異。

切成兩半後，種子密集地擠在一起。

以往都是將皮和果肉分開，再將皮切成細絲，大約要花半天時間。

不過用這個方法後，瞬間就能做好了。

煮柚子用的是非常淡的糖水，我又多加了一些丁香進去。

開小火後，柚子其實很快就變成透明的顏色。

因為煮太久會變形，煮得差不多時就能關火了。

最後加一點白蘭地。

煮好後，再加一點蜂蜜，以熱水稀釋後，就是一杯美味的柚子茶了。

用這種方法便能輕鬆煮出柚子茶，感覺真不錯。

取出的大量種子，可以做成化妝水再利用。
只須將種子泡水靜置即可，種子周圍的滑溜成分，能夠滋潤肌膚，擦起來非常舒服。
舒服得讓我很想全身都擦上這種柚子水。

我真的很喜歡柚子。
有了柚子，冬季一下子變得很有趣。

也祝百合根聖誕快樂！！！
願妳能度過一個美好的夜晚。

開朗、健康 12月31日

小糸伊達捲（註）店，順利收工。
去年因為感冒，完全沒煮年菜。
今年年尾時去了其他外縣市，年菜便以極簡風來準備。
話雖如此，我還是完成了三道基本菜色。

伊達捲的第一捲，總是做得讓人搖頭嘆氣，哎呀呀呀呀。
畢竟一年只做一次，所以，抓不到訣竅。
煎蛋捲器也是幾乎一年才出場一次，彼此的默契都不好。
因此，第一捲都是留在自己家吃。今年的第一捲，簡直是阪神虎（註）。

不過，煎第二捲、第三捲時，漸漸習慣了煎蛋捲器，我也彷彿抓到了訣竅，越煎越漂亮。

第二捲，還可以；第三捲，很完美；第四捲超優秀！的感覺。

越煎越覺得好玩，甚至想就這麼一邊煎伊達捲，一邊跨年。

要是一直煎到明年，應該會煎出多到嚇一跳的伊達捲吧。

因為煎太多也吃不完，今年就以四捲作收。

將器具清洗乾淨，留至明年備用。

順帶一提，煎伊達捲的順序大致如下。

所有材料倒至攪拌盆中拌勻後，將蛋液倒入煎蛋捲器中，開小火。

一捲使用五顆蛋。

待煎到上色後，先保持原狀，將蛋皮移動到盤子上。

將盤子倒扣回煎蛋捲器中，讓另一面也煎熟。

雖然有些坑洞，但也十分可愛……

將最開始煎的那面當作內側，捲成圓柱形後，再用橡皮筋固定。

今年的黑豆，是從京都錦市場買回來的滋賀縣產特大黑豆。

另外再做一道小魚乾和醋醃章魚，就大功告成了。

這樣就能開心地迎新年了。

對我來說，今年最大的新聞，沒有別的，就是遇見拉脫維亞。

明年終於要開始連載《連・指・手・套》，拉脫維亞變得越來越親近了。

話說回來，拉脫維亞有所謂的十得，這是拉脫維亞人除了生存之外，最重視的規則。

十得並非「不能做～」的戒律，而是「做～」的呼籲。

若是「不能做～」的戒律，人類很容易心生破壞戒律的邪惡之心，因此，拉脫維亞流傳的自然崇拜中，並不存在所謂的戒律。

十得是「正義」、「貢獻」、「勤勉」、「親愛」、「歡樂」等，我以自己的想法用日文解釋，大概是這種感覺。

以正直的心，與鄰居友善相處。為了某個人，認真而愉快地工作。不失分寸。高潔美麗。懷著感恩的心。開朗。大方。相敬如賓。

每一項都是人生在世非常重要的觀點。

因此，明年的目標，就訂為：活得開朗、健康，珍惜每一天。

今年對我來說，感覺是相當平靜美好的一年。

明年，為了能在關鍵時刻踏出一步，我隨時提醒自己，平常要放鬆心情，保持一顆柔軟的心和身體。

總而言之，健康最重要。

好了，接下來要去可洛家分送年菜，接著小出遠門，和企鵝及百合根一起去看除夕的富士山。

這段期間麻煩掃地機器人掃地，回家後再吃晚餐。

今天的晚餐是炸蝦。
收尾菜當然是蕎麥麵。
啊，散步時，別忘了去藥局買放鞋子內的暖暖包和屠蘇散（註）。
新年預計觀賞預先錄好的NHK節目《新・影像世紀》。
前幾天稍微看了第一集，非常好看。
而且記者安田純平先生平安無事，令人鬆了口氣。（註）

敬祝各位新年快樂。
願明年能更加和平。

註：小糸伊達捲，一種甜味蛋捲，日本年菜之一。
註：阪神虎是日本職業棒球隊，球衣是黃黑色相間條紋。
註：屠蘇散是由多種中藥材調和而成，可泡於清酒中做成屠蘇酒。日本人會在元旦喝屠蘇酒，祈求健康長壽。
註：安田純平於二〇一五年遭敍利亞恐怖組織綁架，拘禁三年後平安獲釋。

出門買蛋去：小川糸的一年份幸福日記

作　　者　小川糸 Ito Ogawa
譯　　者　陳妍雯 Yenwen Chen
責任編輯　王愈惠 Cathy Wang
責任行銷　朱韻淑 Vina Ju
封面裝幀　蕭旭芳 Yvette Hsiao
版面構成　黃靖芳 Jing Huang
校　　對　葉怡慧 Carol Yeh

發 行 人　林隆奮 Frank Lin
社　　長　蘇國林 Green Su

總 編 輯　葉怡慧 Carol Yeh
日文主編　許世璇 Kylie Hsu
行銷主任　朱韻淑 Vina Ju
業務處長　吳宗庭 Tim Wu
業務主任　蘇倍生 Benson Su
業務專員　鍾依娟 Irina Chung
業務秘書　陳曉琪 Angel Chen
　　　　　莊皓雯 Gia Chuang

發行公司　悅知文化　精誠資訊股份有限公司
地　　址　105台北市松山區復興北路99號12樓
專　　線　(02) 2719-8811
傳　　真　(02) 2719-7980
網　　址　http://www.delightpress.com.tw
客服信箱　cs@delightpress.com.tw
ISBN　978-626-7288-20-7
建議售價　新台幣330元
二版三刷　2024年9月

國家圖書館出版品預行編目資料

出門買蛋去：小川糸的一年份幸福日記／小川糸著；陳妍雯譯. -- 二版. -- 臺北市：悅知文化精誠資訊股份有限公司, 2023.07
304面；11×17.5公分
ISBN 978-626-7288-20-7（平裝）
861.6　　112004396

建議分類｜翻譯文學・散文隨筆

廣	告	回	信

平 信 、 免 貼 郵 票

台灣北區郵政管理局登記證

台 北 廣 字 第 1 5 3 1 號

SYSTEX making it happen 精誠資訊 | dp 悅知文化 Delight Press

精誠公司悅知文化　收

105 台北市復興北路**99**號**12**樓

－－－－－－－－－－－－（ 請沿此虛線對折寄回 ）－－－－－－－－－－－－－

對我而言，寫日記是一種救贖，
是我唯一感到自由的時刻。
那時候的我還有日記這個神聖的場所，
真是太好了。

dp 悅知文化 Delight Press

讀者回函

《出門買蛋去》

感謝您購買本書。為提供更好的服務，請撥冗回答下列問題，以做為我們日後改善的依據。
請將回函寄回台北市復興北路99號12樓（免貼郵票），悅知文化感謝您的支持與愛護！

姓名：__________ 性別：□男 □女 年齡：_____歲

聯絡電話：(日)__________ (夜)__________

Email：__________

通訊地址：□□□-□□ __________

學歷：□國中以下 □高中 □專科 □大學 □研究所 □研究所以上

職稱：□學生 □家管 □自由工作者 □一般職員 □中高階主管 □經營者 □其他__________

平均每月購買幾本書：□4本以下 □4~10本 □10本~20本 □20本以上

- 您喜歡的閱讀類別？(可複選)

□文學小說 □心靈勵志 □行銷商管 □藝術設計 □生活風格 □旅遊 □食譜 □其他__________

- 請問您如何獲得閱讀資訊？(可複選)

□悅知官網、社群、電子報 □書店文宣 □他人介紹 □團購管道

媒體：□網路 □報紙 □雜誌 □廣播 □電視 □其他__________

- 請問您在何處購買本書？

實體書店：□誠品 □金石堂 □紀伊國屋 □其他__________

網路書店：□博客來 □金石堂 □誠品 □PCHome □讀冊 □其他__________

- 購買本書的主要原因是？(單選)

□工作或生活所需 □主題吸引 □親友推薦 □書封精美 □喜歡悅知 □喜歡作者 □行銷活動

□有折扣_____折 □媒體推薦__________

- 您覺得本書的品質及內容如何？

內容：□很好 □普通 □待加強 原因：__________

印刷：□很好 □普通 □待加強 原因：__________

價格：□偏高 □普通 □偏低 原因：__________

- 請問您認識悅知文化嗎？(可複選)

□第一次接觸 □購買過悅知其他書籍 □已加入悅知網站會員www.delightpress.com.tw □有訂閱悅知電子報

- 請問您是否瀏覽過悅知文化網站？ □是 □否
- 您願意收到我們發送的電子報，以得到更多書訊及優惠嗎？ □願意 □不願意
- 請問您對本書的綜合建議：__________
- 希望我們出版什麼類型的書：__________